은유의 정원

1판 1쇄 발행	2023년 11월 20일

지은이	김용례
발행인	이선우
펴낸곳	도서출판 선우미디어

등록 ┃ 1997. 8. 7 제305-2014-000020
02643 서울시 동대문구 장한로 12길 40, 101동 203호
☎ 2272-3351, 3352 팩스: 2272-5540
sunwoome@daum.net   greenessay20@naver.com
Printed in Korea ⓒ 2023. 김용례

값 13,000원

※ 이 책은 🏵 충청북도 충청북도, 충북문화재단 충북문화재단 예술창작활동 지원사업
  지원금으로 발간되었습니다.
※ 잘못된 책은 바꿔 드립니다.
※ 저자와 협의하여 인지 생략합니다.

ISBN 978-89-5658-743-1 03810

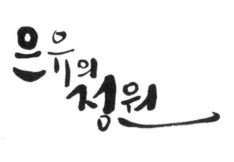

은유의 정원

김용례 수필집

선우미디어 sunwoomedia

지금 마당에는 구절초꽃이
조용히 웃고 있다.
가을꽃은 지극한 기다림이다.

은유의 정원은 어디에도 없고
또한
세상은 다 은유의 정원이다.

2023년 가을

김용례

차례

2

날씨 진짜 좋다

4

빗소리를 들으며

1

흉내였다

흙을 만지고 있으면

생각이 단순해지며 정신이 맑아진다.

흙에서 종일 뒹굴어도 뒤끝이 깨끗하다.

흙은 비록 무생물이지만

생명을 키워내는 위대한 힘을 가지고 있다.

무엇이 있기에 씨앗을 품기만 하면

싹을 틔워 열매를 맺게 하는가.

그래서

땅을 지모신관地母神觀이라 하나 보다.

–본문 중에서

돌신녀 石神女

  지난여름 장마로 뒤꼍 언덕이 무너졌다. 벌겋게 깎인 자리가 거칠어 보여 볼 때마다 눈에 거슬린다. 주변에 꽃을 심고 다독거려도 때깔이 나지 않는다. 포클레인을 불러서 해야 할 큰 공사도 아니고 고민만 키워 왔다. 내 힘으로 하기 엔 벅차지만 가을이면 도지는 병, 이유도 없이 쓸쓸하고 허전한 마음을 뒤꼍에서 달래보기로 했다.

  높이 1미터, 길이 6미터쯤 되는 면적이다. 석축을 쌓으면 어떻겠느냐고 하니 말도 안 된다며 남편은 두 번 다시 말도 못 꺼내게 한다. 집을 짓고 마당을 고를 때 모아놓았던 돌도 처리할 겸 내 손으로 석축을 쌓고 싶었다. '그래요, 당신이 안 하면 나 혼자라도 합니다.' 생각만 하고 있으면 생각으로 끝나는 거다. 일단 저질러보자 마음먹고 팔을 걷어붙였다.

거짓말 조금 보태서 바위만 한 돌을 살살 달래고 굴려서 기초를 잡아갔다. 작은 돌은 번쩍 들어 올려 쌓기 시작했다. 평소 내가 쓰던 힘으로는 할 수 없는 일이다. 어디서 초인적인 힘이 나오는지 나 자신도 놀라웠다. 돌에도 암수가 있다.

자연석은 암수만 잘 맞추면 쌓기가 수월한데 파석은 암수가 없어 쌓기가 까다롭다. 자연석만으로는 돌이 모자라서 파석을 함께 썼다. 돌을 들었다 내렸다 수없이 반복하다 보니 장갑도 구멍이 나고 손목은 시큰거렸다. 처음엔 쓸데없는 일 한다고 핀잔만 하더니 며칠이 지나도 포기하지 않으니 남편도 거들기 시작했다. 한 칸 한 칸 올라가는 재미에 아픈 것도 참을 만했다. 혹여 허물어질까 봐 긴 돌로 중간중간에 쐐기돌까지 박았다. 우리 힘으로 들어 올릴 수 없는 돌은 굴리고 밀고 살살 달래면 돌도 움직여준다. 힘에 벅찬 돌을 쌓을 때마다 그렇지 큰 것을 이루려면 그만큼의 노력과 더 큰 고통을 인내하는 거다. 내 몫의 무게를 감당하는 일, 고통을 견디고 살다 보면 구원처럼 희망이 보이는 것이다.

　토지작가 박경리 선생님도 생전에 가꾸시던 텃밭을 주변에서 나온 돌로 담을 쌓았다. 예사 솜씨가 아니었다. 작가가 되지 않았다면 건축을 했을 거라는 선생님의 말씀이 생각난다. 나도 집을 가꾸며 흙과 돌을 만지는 일을 이렇게 좋아하고 잘할 수 있었는지 놀라웠다. 요즈음 정원사가 되고 싶은 꿈이 생겼다. 사람은 자기가 하고 싶은 일을 할 때 가장 더운 심장으로 그리고 삶에 대한 긍정적인 자기와 마주 할 수 있게 된다.

　석축은 보름여의 시간이 걸려 완성했다. 불가능하다고 생각했던 일도 차근차근하다 보면 완성하게 된다. 큰 돌은 큰 돌 나름대로 쓰이고 작은 돌은 그 나름 쓰임이 있다. 큰 돌이 흔들릴 때 작은 돌을 받쳐 주면 탄탄해진다. 쓰임이 다를 뿐 쓸모없는 것이 없다.

　사람도 마찬가지다. 계획을 잘 짜는 사람이 있는가 하면 실행에 옮기는 사람이 있다. 그래서 이 세상은 조화로운 것이다.

　완성된 석축을 보니 우리가 했다고 믿기지 않았다. 좀 어설퍼 보이지만 해냈다는 자신감과 기쁨이 크다. 기성품의 블럭이나 전문가가 쌓았다면 완벽하게 멋졌을 것이다. 그러나 엉성하지만 지금 우리가 느끼는 이 뿌듯함은 맛보지 못했을 것이다. 내 능력 밖이라고 생각했던 그 일을 해냈을 때의 성취감, 기쁨을 어디에 비하랴.

완성된 석축에 물을 뿌려 흙을 닦아냈다. 뽀얗게 세수한 돌 하나하나가 예쁘다. 석축을 바라보며 커피를 마셨다. 남편이 나에게 '돌신녀'라고 부른다. 무슨 소리냐고 물으니 "당신은 돌을 만지고 있을 때 보면 신들린 여자 같아."라고 한다. "그래요? 내가 돌을 만지고 있으면 그분이 내 몸속으로 들어오시나 봐. 전생에 석공이었나 봐요." 하며 웃었다.

우리는 꼭 해내고 싶은 일이나 내가 아니면 할 수 없는 일을 만나면 초인적인 힘을 발휘한다. 돌을 쌓으며 고맙게도 내 몸속에 있던 신의 힘이 나왔나 보다. 이 가을에 큰 숙제 해결했다.

장화

장화만 신으면 힘이 생기고 걸음이 바빠진다. 지난밤 비가 내렸다. 나는 고무장화를 신고 마당으로 나간다. 전원에 들어와 살면서 가장 많이 애용하는 것이 장화지 싶다. 풀숲에도 거침없이 들어간다. 그래야 고작 스무 평 남짓 마당과 텃밭을 가꾸는 일을 하면서 말이다.

이 투박한 장화를 신고 곱디고운 꽃을 키우고 건강한 먹거리를 심고 가꾼다. 장화를 신고 흙을 만지고 있는 순간 가장 편안하고 그 어느 때보다 즐겁다. 세상에 대한 두려움조차 없어진다. 비가 와도 바람이 불어도 장마철 물 고인 길도 망설이지 않고 당당하게 걸어간다. 단단하게 보호 받고 있는 편안함이다. 거친 세상 어디든 갈 수 있을 것 같다.

지난 주말에는 딸아이가 왔다. 아이의 손을 잡고 마당 곳곳에서 피어나는 꽃을 보여주며 그동안 못한 이야기를 나누었다. 그날도 어김없이 장화를 신었다. "엄마는 장화를 신으면 이 숲속 어디든 갈 수 있고 무서운 것이 없다."고 했더니 딸아이 하는 말이 "내 장화는 엄마야." 한다. 딸아이의 말에 깜짝 놀랐다. 하긴 나도 세상에 엄마만 있으면 무서운 것이 없던 시절이 있었다. 내가 엄마가 되니 내 자식들이 혹여 진창에 빠질까, 돌부리에 걸릴까, 벌레라도 밟을까 늘 촉을 세우고 살아왔다. 우리 부모님도 흙길을 걸으며 뒤따라오는 자식들에게 혹여 걸림돌이 있을까, 노심초사하시며 보드라운 길을 내주려고 돌을 치우며 가셨으리라. 내가 아이들에게 든든한 장화 역할을 했는지 생각해 본다.

이순을 넘기고 보니 행복은 거창한 것이 아니라 소소한 것에 있다는 것을 알게 되었다.

작은 꽃 한 송이 피어나는 것, 울도 담도 없이 사는 내 이웃들과 나무 그늘에 앉아 커피를 마시며 시간 가는 줄 모르고 오가는 수다, 내 일상의 즐거움이다.

얼마 전에는 장화를 신은 채 영덕까지 다녀왔다. 그날도 밭에서 풀을 뽑고 있는데 지인한테 전화가 왔다. 밭으로 오겠다는 것이다. 급하게 상의할 일이라도 있나 걱정을 했다. 그런데 느닷없이 대게 먹으러 영덕을 가잔다. 일복 차림에 장화를 신은 채로 끌려갔지만 고맙고 즐거웠다. 격식을 갖추지 않아도 충분히 멋지고 만족한 것을 예전엔 몰랐다. 투박한 장화를 신고 있어도 당당하고 마음이 편하면 이것이 사는 즐거움이다.

젊은 날 보증을 서준 것이 잘못되어 부채의 늪에서 허우적일 때가 있었다. 그때 구두를 신고 구두에 흙이 묻을까 벌벌 떨기만 했다. 장화를 신었다면 거침없이 걸어 나왔을 텐데 진흙탕에서 그깟 구두가 뭐 그리 대단하다고 그걸 못 벗어던지고 몸을 사리며 살았는지, 그때 이 꽃무늬 장화를 신을 용기가 있었으면 좀 더 빨리 그 늪에서 나왔을 것을 구두를 신고 있었다. 내 욕망대로 살지 못하고 타인의 욕망에 시선을 맞추려고 애를 쓰며 살았다. 우리의 삶은 불편한 멋을 내는 것이 아니라 투박하지만 당당하게 걸을 수 있어야 하는 것이다.

코로나19 때문에 봄부터 지금까지 출입이 불편해 마당에서 보내는 시간이 길었다. 자연히 장화를 신는 날이 많았다. 외부의 불편함이 일상에서 또 다른 일을 할 수 있다는 것. 자연의 양면을 즐기는 것은 각자의 몫이다. 사계절 비가 오는 날이나 쨍쨍 갠 날이나 항상 목이 긴 꽃무늬장화를 신고 있다. 마치 이 장화가 내 인생을 보호해 줄 것 같은 든든함이다. 전원에 들어와 장화 예찬론자가 된듯하다. 오늘도 장화를 신고 마당으로 나왔다. 걸을 때마다 털럭대는 소리에 힘이 느껴진다. 비 내린 마당에 백리향이 흐드러지게 피었다.

남한산성

"그 갇힌 성안에서는 삶과 죽음, 절망과 희망이 한 덩어리로 엉켜있었고 치욕과 지존은 다르지 않았다."

소설『남한산성』의 한 구절이 가슴에 꽂힌다. 유난히 힘든 시간을 견디고 있는 시대 탓인지 짧은 한 문장에도 의미가 담긴다.

삼복더위의 대지는 바라만 보고 있어도 뜨겁다. 햇볕이 금방 대장간에서 달군 쇠붙이 같다. 지금 우리는 각자의 성에 갇혀 역병의 총소리가 잠잠해지길 기다릴 뿐이다. 도대체 그런 시간이 오기는 할 것인가. 문득 먼 병자년 겨울 남한산성에 갇혀 있었던 조선의 시간이 생각난다. 추위는 악을 쓰고 달라 들고, 독에 쌀은 떨어지고, 성 밖에는 오랑캐들이 총을 겨누고 있으니 나갈 수도 그냥 앉아서 죽을 수도 없다. 한나라의 지존이 아무것도 할 수 없었던 절박하고 안타까운 시간들, 지금 우리가 그때의 처지 같다.

나도 확진자와 밀접 접촉했다는 이유로 느닷없이 갇혔다. 결과는 음성이지만 자가 격리를 해야 한다. 아침저녁으로 자가 진단하라는 연락이 오고, 대문 밖에는 한 발짝도 나가면 안 된다. 남편과 같은 공간에 있지만 각자 생활을 해야 한다.

먼 병자년에 임금이 신하들과 군사를 거느리고 남한산성까지 걸어가면서 얼마나 많은 생각을 했을까. 금방 한양 궁궐로 돌아갈 수 있을 거라 생각했을 것이다. '설마, 나야 괜찮겠지' 하면서 느슨하게 살았다. 안일하게 생활했던 죄로 신축년 7월 집안에 갇혀 있다. 누구를 탓할 것인가.

가까운 지인은 백신이라도 맞을 수 있는 사람들은 괜찮은 거라며, 당신 부부는 심장질환으로 백신도 맞을 형편이 아니라며 한숨을 내쉰다. 가끔 차를 타고 나가 맛있는 밥을 사먹는 게 유일한 즐거움이었는데, 답답해 죽겠다며 전화선 너머로 흐느낀다. 산다는 게 무엇인가. 건강한 사람에게는 별것 아닌 일이 그렇지 못한 사람에게는 절박한 일이기도 하다. 사소한 일상은 아직 저 멀리에서 서성댈 뿐 올 생각은 없어 보이는데….

병자년에는 임금이 청나라를 향해 절하고 이마에서 피를 흘리며 성문을 나왔다. 치욕은 견딜 수 있지만 죽음은 견딜 수 없는 거라는 신하의 말에 설득력이 있다. 그것만이 백성을 살리는 길이니 그 치욕을 참을 수밖에 없었으리라. 치욕은 살아서 벗어날 수 있지만 죽음은 끝이다. 고통의 끝에 삶의 문이 열린다. 절망과 희망이 몇 번씩 교차하면서 여기까지 왔다.

우리는 지금 각자의 성에 고립되어 있다. 고립이란 말에 문정희 시인의 「한계령을 위한 연가」에 나오는 '오오, 눈부신 고립'이란 시구가 떠오른다. 사랑하는 청춘들은 둘만의 황홀한 고립, 그 말에는 눈부심도 있고 황홀함도 있겠지만 지금 우리는 고통과 외로움의 고립으로 숨이 막힌다.

제한된 공간에서 최소한의 자유를 누리는 것밖에 할 수 없는 시간을 보내고 있다. 진통을 겪지 않고 어찌 기쁨을 누릴 수 있단 말인가. 이 더위가 누그러지는 날 신축년 남한산성의 성문이 열리리라. 병자년에는 임금이 무릎을 꿇었지만 우리는 코로나19를 멸종시켜 인간의 자존을 회복하고 남한산성 문을 활짝 열고 당당하게 걸어 나가리라.

신축년 7월, 나는 소설 『남한산성』을 읽으며 남한산성에 갇혀 있던 조선의 시간을 어루만진다. 평범한 일상이 그립다. 허나 시간은 아랑곳없이 무심하게 지나간다.

뜻밖의 풍경

한참을 달렸다. 눈앞에 추전역 이정표가 손짓을 한다. 우리나라에서 가장 높은 곳에 있는 추전역, 망설임 없이 올라갔다. 얼굴을 스치는 산골바람이 자극적이다. 자연은 즐기는 자의 것이라고 했던가. 여행은 늘 들뜬다. 뜻밖의 장소, 1970년대 석탄산업에 큰 힘이 되었던 역이다. 치열했던 삶의 애환이 있던 흔적은 오간 데 없고, 작고 예쁜 간이역으로 남아 우리에게 또 다른 즐거움을 준다. 이 자리에 남아있기까지 거친 비바람과 눈보라를 견디며 왔으리라.

그녀의 직장생활 40년, 정년을 앞두고 최대의 위기를 맞았다. 그녀도 지금 이 자리에 오기까지 무던히 애를 썼다. 시어른 모시고 아이들 키우며 사회 생활한다는 것이 쉽지 않은 일이다. 늦은 나이에 공부하며 자기관리에도 철저했다. 나와는 30년 지기, 내가 경기도에서 청주로 이사와 처음으로 마음을 터놓은 사람이다. 그녀나 나나 어른들 모시고 살다 보니 참는 일에는 이골이 난 사람들이다. 그런데 이번 일은 힘들어한다.

추전역, 철암역, 석곡역을 거쳐 하늘세평 꽃밭세평 승부역까지 왔다. 승부역에는 우리 둘뿐이다. 우리는 철로 위를 천천히 걸었다. 그녀에게 "요즈음 힘들지?" 하며 손을 꼭 잡았다. 그녀가 펑펑 운다. 몇 개월째 불편한 근무를 하고 있다. 참았던 울음이 터진 것이다. 한참을 울고 나더니 "언니, 걱정 마요. 잘할 수 있어요. 내가 이 직장에서 보낸 세월이 얼만데요. 나 ○○이에요." 한다. 작은 체구로 견뎌내는 모습이 안쓰럽다. 지금 그녀는 팽팽하게 당겨진 활 같다.

살다 보면 위기는 늘 주변에 도사리고 있다. 오는 위기는 어쩔 수 없다지만 어떻게 슬기롭게 잘 넘기냐에 따라 인생이 달라진다. 여행에서의 실수는 잊을 수 없는 추억을 남긴다고 했다. 여행은 추억이 되지만 인생은 후회가 남는다. 현명한 사람과 어리석은 사람의 차이는 위기 때의 처세술에서 나타난다고 한다. 인생이 어찌 순탄하기만 하랴. 누군가 그랬다. 인생이 계획대로 되면 무슨 걱정이 있겠냐고.

우리는 조용하고 한적한 승부역, 이 시골 간이역을 천천히 걸었다. 계곡으로 내려가 발도 살짝 담갔다. 깨끗한 바람과 푸른 숲이 양팔을 벌려 그녀를 안아준다. 이 또한 지나가리니 마음을 추스르라며 따뜻하게 위로한다. 그녀의 마음이 조금 가벼워진 듯하다. 간이역에 부는 바람이 그녀에게 위로가 됐으면 좋겠다.

목적지는 동해 삼척항이지만 전혀 예상하지 않은 간이역 순례가 되었다. 우리가 들러 온 추전역, 철암역, 승부역까지 오는 길은 험준한 산길이었다. 길이 험할수록 경치는 아름다웠다. 그녀에게 찾아온 시련은 더 큰 일을 하기 위한 돋음새일 것이다.

누구나 한때는 여름처럼 힘차게 뻗어나가려 한다. 그녀와 나는 가을이다. 생각과 행동이 경솔하지 않아야 한다는 것을 너무도 잘 알고 있다. 그녀에게 생긴 갈등의 고리를 잘 풀어야 한다. 길을 잘못 들어 낭패를 보기도 하지만 잘 못 든 길에서 뜻밖의 풍경을 만나는 것이 여행이고 인생이다. 지금 그녀의 인생, 뜻밖에 일이 생겼다. 이 위기를 슬기롭게 잘 헤쳐나가리라 믿는다. 만나지 못하는 선로처럼 떠나는 길은 서로 다르겠지만 목적지까지 가야 한다. 가야 할 길이라면 힘차게 가보는 거다.

사람과 사람 사이에서 생긴 일은 풀어나가기 쉽지 않다. 나는 지금까지 진심은 어디에서든 통한다고 믿으며 살아왔다. 살아가는 길은 힘들지만 포기하지 않고 걸어가야만 만나는 것들이 있다. 그녀와 그녀의 상사도 서로의 진심이 통한다면 다시 웃으면서 남은 직장생활을 잘 마무리 하리라 믿어본다.

내가 거기까지 걸어가지 않았더라면 만나지 못하고 사라져 버렸을, 아무것도 보이지 않는 거기, 뜻밖의 풍경이 기다리고 있다. 어느 날, 그녀도 인생의 가을에서 그런 아름다운 풍경이 펼쳐지기를….

숲속의 다락방

숲속에 집을 지으며 화려하거나 거창한 것은 꿈도 꾸지 않았다. 검이불루 화이불치 儉而不陋 華而不侈. 내 삶의 모토이듯 그저 작고 아늑한 나만의 공간을 하나 갖고 싶었다. 해서 다락방을 들였다. 그런데 다락방이 아니라 창고로 전락한 지 3년이 넘었다. 이사하면서 버려도 하나도 아깝지 않을 물건들을 다 끌고 와 다락방에 처박은 것이다. 이사했다고 지인들이 들고 온 화장지도 다락방 차지였다. 나만의 공간이 아니라 들여다보는 것조차 무서웠다.

그동안은 집 정리에 마당 손보느라 다락방까지 손이 못 갔다. 코로나19로 바깥출입이 불편한 덕분이라 해야 할지, 이사한 지 3년 만에 큰맘 먹었다. 내다 버려도 눈길한 번 받지 못할 책상, 촌스러운 꽃무늬 커튼, 이불, 옷가지들 다 버리고 정리하니 드디어 다락방이 모습을 드러냈다. 다락방이라 창도 손바닥만 하다. 그 창문 밑으로 선반을 달아 차를 마실 수 있도록 했다. 큰길에서 접어들면 논길을 따라 코스모스 꽃잎이 하늘거리고 길 양옆으로 벼가 누렇게 익어가고 있다. 다락방의 작은 창으로 들어온 가을 풍경이다. 저 풍경 그대로 멈추게 하고 싶다.

　다락방 한쪽에는 집을 짓고 남은 흙벽돌을 쌓았다. 다락방 속에 이중섭 작가가 제주도에서 살았던 방의 크기로 골방도 들였다. 골방에는 볕이 들지 않는다. 그래서 10촉짜리 전구를 달았다. 작은 카펫을 깔고 쿠션 두 개를 놓으니 아늑한 골방이 되었다. 창고가 꿈꾸던 다락방과 골방으로 변신한 것이다. 이제야 숲속의 다락방 본연의 이름을 찾아주었다. 이렇게 꾸미고 보니 카렌시아란 말이 생각난다.

　케렌시아는 투우장의 소가 투우사와 싸우기 전에 안식을 취하며 쉬는 공간을 말한단다. 대부분 소는 투우를 끝으로

목숨을 잃게 된다. 투우 경기 전 가장 조용하고 편안한 상태를 맞이하게 하는 장소, 투우장 한쪽이 바로 그런 곳이란다.

생각해 보면 지금 우리가 사는 세상도 치열한 생존의 투우장이다. 삼십 대의 우리 애들 이야기를 듣다 보면 나는 숨도 못 쉬겠다. 자신의 삶을 지키고, 키우고, 헤쳐나 나가는 일이 간단치가 않다. 직장은 다니지만 급변하는 사회에서 언제 어떻게 될지 모르니 공부도 해야 하고 체력을 유지하기 위해 운동 또한 게을리할 수 없단다.

서울에서 직장생활을 하는 딸아이가 주말에 다니러 와서 그 골방에서 달게 자고 갔다. 고단한 몸을 푹 쉬고 올라가는 모습을 보니 내 몸이 가벼워진 듯하다. 남편은 골방에서 노는 나와 딸아이에게 넓은 거실 놔두고 왜 작고 침침한 곳이 좋은지 모르겠다고 한다. 창가에서 차를 마시며 음악을 듣는 이 기분, 은밀한 즐거움을 그대, 남자가 어찌 알리요.

1929년 버지니아울프의 페미니즘을 다룬 저서 『자기만의 방』, 여성의 현실, 여성작가의 작품을 고찰하며 여성이 소설을 쓰기 위해서는 돈과 자기만의 방이 있어야 함을 이야기했다. 백 년 지난 지금 현실이 되었다. 분주한 세상에 사는 요즈음은 여성뿐만 아니라 누구에게도 자기만의 방이 필요하지 싶다. 온갖 새로운 삶의 가능성을 꿈꿀 수 있는 나만의 방, 내가 갖고 싶었던 숲속의 다락방에서 나는 꿈꾼다. 내 이름 앞에 내세울 수 있는 글 한 편 쓰기를.

흙내였다

봄비가 내렸다. 마당 여기저기 태기가 느껴진다. 지난겨울은 유난히 쎈 놈이 다녀갔다. 날을 세운 칼바람, 폭설과 함께 버티고 있었다. 그럼에도 자연의 섭리는 추운 겨울 땅속에 품고 있던 태아를 이제는 땅 위로 내보내려고 흙을 부드럽게 하고 있다. 신비롭고 비밀스런 흙의 세상은 경이롭다.

우리 다 같이 불행을 겪고 있는 지금 남녘에서 꽃소식이 전해오지만 꽃을 즐길 형편이 아니다. 마당에도 산수유꽃이 노랗게 웃지만 마주 웃어주기조차 민망하다. 외출이 불편한 요즈음 마당에 코를 박고 시간을 보낸다.

어린아이들이 밤새 잘 자고 일어나 엄마의 존재를 확인하려고 낑낑거리며 엄마 품으로 파고들듯 나도 자고 일어나면 마당을 한 바퀴 돌아본다. 밥 먹는 것보다 마당을 돌아보아야 안심이다. 아니 땅을 비집고 나오는 새싹들과 눈인사를 나눠야 안심이 된다고 하는 게 맞겠다.

오늘은 겨울에 수도 공사하느라 파헤쳐 망가진 마당을 손질해야겠다. 겨울 공사라 대충 끌어 묻고 겨울을 났다. 낮은 곳은 흙을 채우고 높은 곳은 깎아내고 여름을 대비해 물길을 두어야 한다. 작년에 꽃을 피웠던 묵은 가지들도 다듬을 생각이다.

흙은 사람의 본연이자 되돌아가야 할 숙명적인 근원지다. 흙의 역사를 거슬러 올라가 보면 최초의 아담도 히브리어로 흙을 뜻하는 '아마다'에서 출발하였다고 한다. 흙으로 만든 인형에게 숨을 불어넣어 인간을 만든 신화가 곳곳에 등장한다. 태어난 흙에서 떠날 수 없고 어느 때고 되돌아가야 할 본향이다.

사람들과는 장시간 있다 보면 서로 듣고 싶지 않은 말도 들어야 하고 마음에 없는 말도 하게 된다. 때로는 관심도 없는 이야기를 들어야 하는 지루한 시간을 보내기도 한다. 사람들과 함께 보낸 시간이 길수록 집에 돌아와 생각하면 마음이 편치 않을 때가 있다. 그러나 흙을 만지고 있으면 생각이 단순해지며 정신이 맑아진다. 흙에서 종일 뒹굴어도 뒤끝이 깨끗하다. 흙은 비록 무생물이지만 생명을 키워내는 위대한 힘을 가지고 있다. 무엇이 있기에 씨앗을 품기만 하면 싹을 틔워 열매를 맺게 하는가. 그래서 땅을 지모신관地母神觀이라 하나 보다. 하늘은 남자, 땅은 여자를 의미한다는 것을 굳이 성립하지 않아도 모든 사물이나 사람은 땅을 디디고 건재한다. 세상이 변해도 변할 수 없는 것이 사람이 살아가는 이치다. 과학적 성분으로 흙은 무생물일지 몰라도 우리에겐 숨 쉬고 생각하는 위대한 생명이다. 아무리 과학이 발달했어도 그 이치는 변할 수 없다.

나는 이 산골 작은 터에서 흙내를 맡으며 살아가고 있다. 이 산골에서도 가끔은 마음이 무거울 때가 있다. 불편한 심기를 마당에 엎드려 흙을 만지고 있으면 거짓말처럼 아무 일도 없었던 것처럼 평온해진다. 그 따뜻한 위로는 흙내였다. 흙내를 맡고 있으면 욕심도 삿된 마음도 조금씩 내려놓게 되는 것 같다. 그리고 내일이 기대된다. 어떤 씨앗이 움을 틔우며 나올까. 어떤 꽃잎이 고운 자태를 보여줄지 궁금하다. 그래서 새벽잠을 설친다.

지금 이 지상의 불행, 코로나19가 아까운 생명들을 빼앗아 간다. 우리가 어리석어 자연을 파괴하며 살아왔지만 이 재앙을 거두어 달라고 모든 생명을 관재하시는 천신과 지신께 부탁드리고 싶다. 종일 마당에 엎드려 땅을 고르고 묵은 가지를 쳐냈다. 몸은 천근인데 마음은 새털처럼 가볍고 맑다. 이 험한 시국에 나만 이렇게 평온해도 되는 건가 싶기도 하다. 불행 중에도 봄은 아장아장 우리 곁으로 다가온다.

『꽃을 사랑한다』를 읽으며

앞산에 순백으로 피어있던 구절초가 꽃잎을 접었다. 복자기나무도 떠날 채비를 서두르는지 곱게 옷을 갈아입었다. 하루하루 집 주변의 꽃과 나무들의 변화에 마음이 쓸쓸해진다. 봄과 여름내 함께 지냈던 저것들 다 떠나보내고 저들이 남겨놓은 허한 가지들만 붙들고 다른 계절로 가야 한다. 꼬리만 남은 가을을 잡고 오늘도 마당에서 서성거린다.

머칠 전 지인으로부터 받은 현진스님의 『꽃을 사랑한다』 산문집을 미뤄놨다가 여유가 생겨 책을 들었다. 읽어 보기 전에 스님이 쓰신 책이라면 어려운 불교 가르침이나 조금은 고리타분한, 그쯤으로 짐작했다. 그런데 우리가 땅콩을 먹다 보면 그 고소한 맛에 하나만 먹고 손을 놓을 수 없듯이 이 책을 도중에 놓을 수가 없었다. 좋은 문장에 줄을 그으면서 다시 읽고 있다.

꽃이 세상을 아름답게 하는 건 때를 달리하여 피기 때문이다. 인생이 신비로운 것도 사람마다 지닌 개성과 재주의 쓰임새가 다른 까닭이다. 누구에게나 절정의 때는 따로 있다.

－「매 순간이 절정이다」 중에서

인생의 길목마다 중요한 일이 있고 중요한 사람이 있기 마련이다. 그 시절에는 소중하고 가치 있는 일이었다 하더라도 지금 돌아보면 별일 아닐 수도 있다. 그러므로 과거의 일이나 옛사람에게 후한 점수를 주기보다는 지금 곁에 있는 일과 사람을 더 챙겨야 할 것이다. 따라서 지금 내가 하고 있는 일 오늘 내가 만나고 있는 사람이 내 삶의 속살이다.

－「겨울날 비 내리는 추억 속에」 중에서

글의 제목이 「꽃은 핀다 사람이 보더라도 보지 않더라도」 「같이 밥 먹을 친구 하나 있는가」라든지 「어제는 틀리고 오늘은 맞다」는 한 문장의 글로 울림이 된다.

현진스님은 마야사에 꽃을 심어 일상에 지친 사람들에게 작은 위로를 주고 싶다고 하셨다. 손목이 아프도록 풀과 씨름하고 꽃나무 하나를 살리기 위해 애를 쓰셨다는 내용을 읽으며 무릎을 쳤다. '스님도 그러셨군요.' '저도 그랬어요.' '사람들 하고 노는 것보다 꽃들과 이야기하는 게 마음 편하시죠.' '저도 그래요.' 혼자 묻고 혼자 대답하면서 스님이 옆에 계신 듯 이야기를 했다. 우리는 서로 공감하는 부분이 있어야 이야기를 하고 싶다.

스님이 그러셨듯이 나도 올해 처음 꽃무릇이 꽃을 한 송이 피워 냈을 때 연신 감탄사가 나왔다. 방에 있는 남편을 불러 내고 사진을 찍어 지인들에게 보냈다. 남들은 그깟 꽃 한 송이 핀 것이 무슨 대수라고 호들갑이냐고 하겠지만 나에게는 큰 기쁨이었다. 꽃 한 송이를 피우기 위해 땅속에서 얼마나 힘겹게 버텨 왔는지 알기 때문이다. 심은 그 해에는 꽃을 피우지 못한다. 여름엔 잎이 지고나면 꽃 무릇의 존재를 잊게 된다. 심겨져 있는 것을 잊고 풀을 뽑다 보면 꽃무릇 구근이 나온다. 다시 심어놓지만, 꽃을 기대하기 어렵다. 그러니 내가 호미를 휘두를 때 땅속에서 얼마나 마음을 졸였겠는가. 꽃을 심고 가꾸는 사람들은 식물들 나름대로 생명을 지키기 위해 애쓰는 것을 안다.

구절초는 이제 졌다. 가을꽃은 봄과 여름 그 많은 꽃이 지고 피는 사이 묵묵히 견디며 은은한 향을 품고 때를 기다렸다. 가을꽃은 기다림이다. 구절초가 올가을 세상을 아름답게 하고 나를 즐겁게 해줬으니 고맙다. 마당 끝에서 노란 국화꽃이 '나 여기 있어요.' 하며 향기를 보낸다. '어디선가 은은한 꽃향기가 난다 했더니 너였구나.' 국화꽃 위로 가을의 오후 햇살이 쏟아진다. 국화꽃 옆에서 나도 따라 웃는다. 저마다의 때를 알고 피고 지는 꽃들 때문에 세상은 꽃밭이다. 「꽃을 사랑한다」를 읽고 있는 순간 꽃밭에 앉아있는 것처럼 행복했다. 그래 사는 게 별거냐, 꽃이나 사람이나 자기 몫의 향기를 품고 살면 잘 사는 거지. 이렇게 따스한 글을 읽고 나면 오랫동안 향기로운 여운이 남는다.

복숭아 세 알

연일 비가 내려 몸도 마음도 눅눅하다. 7월은 마른날이 드물었다. 징글징글하게 비가 내린다. 아랫집 형님이 이 빗속에서도 복숭아가 잘 익었다며 한 바구니 가지고 오셨다.

벌써 복숭아 계절이다. 복숭아가 익으면 계절은 여름 입구까지 온 것이다.

형님이 가져온 복숭아를 보는 순간 입에 침이 고인다. 복숭아를 먹을 때면 오래전 그 복숭아 맛이 살아난다.

결혼 10여 년이 지나 시부모님과 합가를 했다. 그동안 아이들 키우며 작은 살림만 하다가 큰살림을 하려니 몸은 약하고 힘에 부쳤는지 자주 몸살을 앓았다. 밥도 못 먹고 몸은 말라가고 힘든 날이 많았다. 시어른들 삼시세끼 차리는 일도 마음이 컸다. 그날도 몸살로 앓아누워있었다. 퇴근해 돌아온 남편이 복숭아 세 알을 내밀며 방에서 혼자 먹으라는 것이었다. 앓아누워있는 마누라 뭘 좀 먹여야겠고 주머니에 있는 돈이 그것밖에 없었단다. 남편 마음을 헤아릴 새도 없이 철없던 나는 아이들은 물론 어른들도 안 드리고 혼자서 몰래 먹었다. 우리 시부모님이 아셨다면 아들 키워놔야 아무 소용없다고 하시며 서운해하셨을 것이다.

한 생을 함께 살아가면서 어찌 사랑스럽고, 달달하고 향기로운 날만 있으랴. 실망스럽고, 힘들고 허전할 때 그래도 가끔은 내 기억 속 좋았던 한 장면을 떠올릴 수 있어 세상을 디디고 살아가는 힘이 된다. 퇴근길에 붕어빵 몇 개 품속에 품고 들어오는 가장의 마음, 비 오는 날 우산을 들고 버스정류장으로 마중 나오는 아내의 마음 이런 것들이 사람을 감동시킨다. 작고 사소한 행동 따스한 말 한마디가 세상을 살게 하는 또 다른 에너지다. 콩알만 한 다이아몬드 반지를 받아서 행복한 것이 아니다. 이 나이 되고 보니 고맙다는 말 한마디

서로에게 나눌 수 있으면 그것으로 족하다. 이웃과 나누는 복숭아 몇 알, 햇옥수수 나오면 몇 통 나눠 먹으며 사는 것이 가슴 따스해지는 일이다.

요즈음은 먹을 것은 넘쳐 나는 세상이다. 먹는 방송, 음식 여행이라는 말도 나오지 않았는가. 왜 이렇게 먹방에 관심이 많은가 젊은이들에게 물어봤다. 부모 도움 없이는 아무리 발버둥 쳐도 좋은 집이나 부자 되기는 힘들고 할 수 있는 것은 맛있는 것은 먹어 볼 수 있으니 먹는 것으로 스트레스를 푸는 것 같단다. 그 말을 들으니 이해가 된다. 월급 타서 몇 년 적금 넣어 모아놓으면 집값은 그 이상으로 올라있으니 내 집 마련의 희망은 사라지고 지금 할 수 있는 일이라도 즐기면서 살아간다는 데는 할 말이 없다.

몰래 먹었던 봉숭아 맛을 오랜 시간이 지났음에도 불구하고 기억하는 것은 은밀했던, 떨렸던, 불안했지만 아름다웠던 젊은 날의 기억 때문이지 싶다. 옆집 오빠를 남몰래 마음에 담았던 때를, 고등학교 때 수학 과목은 싫어하면서도 선생님이 좋아서 몰래 훔쳐보았던 짜릿했던 기억, 누구나 이런 기억쯤은 간직하고 살아갈 것이다. 젊은 날에 몰래 먹었던 복숭아 맛을 잊지 못하는 것은 오랜 시간이 지났음에도 풋풋했던 젊은 날 그 결핍이 아름다웠던 순간을 간직하고 있기 때문이다. 젊은 날의 사랑은 추억이 되지만 사랑의 결핍은 병이 된다. 아랫집 형님 덕분에 이 뜨겁고 눅눅하고 습한 초여름, 달콤한 복숭아를 먹으며 내 가엾은 청춘의 복숭아 세 알을 추억한다.

덕암골 마당놀이

　설 명절이 지나갔다. 명절 끝은 늘 마음이 허전하고 허전하다. 명절이 명절 같지 않고 쓸쓸하기만 하다. 책을 읽어도 TV를 보아도 마음 둘 곳 없어 할 일도 없는 마당으로 나갔다. 바람이 쌀쌀하다. 그래도 방 안에 있기에는 답답하여 바람이라도 쐬어 볼까 싶었다. 그런데 마당에 장작더미가 눈에 들어온다. 지난 초겨울 참나무를 사놓고 쪼개는 일을 차일피일 미루었다. 허전함을 풀어낼 것을 찾았다. 그래 오늘은 장작이나 패면서 신명 나게 한바탕 놀아 볼까 싶다.

　한겨울 장작패기놀이다. 남편은 도끼로 나무를 쪼개고 나는 쪼개 놓은 나무로 쌓기 놀이를 한다. 통나무를 사다가 아궁이에 넣기 적당한 크기로 자르고 도끼로 패서 아궁이 한쪽에 쌓아놓으면 마음이 먼저 따스해진다. 한겨울 아궁이에서 활활 타오르는 불꽃은 황홀하다.

마당은 사계절 미술놀이 시간이 되기도 한다. 도화지에 햇볕과 바람의 물감으로 꽃과 나무를 색칠해야 좋은 그림이 완성된다. 때로는 맘에 들지 않아 나무를 옮겨 심고 꽃의 색감과 피는 시기를 맞춰야 하는 고난이도의 그림을 그려야 하는 화가가 되어야 좋은 그림을 그려낼 수 있다. 한번 그린 그림은 완성이 아니다. 계절마다 다른 그림을 그려야 하고 해마다 다른 꽃을 그려 넣어야 한다. 우리 집 마당에 어떤 색의 어떤 꽃이 어울릴지 늘 고민한다. 창작의 고통을 느껴야 하는 것이다. 마당에서 재미있게 놀려면 이쯤은 해야 한다.

우리 전통 마당놀이는 서양의 공연무대와 달리 공연자와 관람객이 엄격하게 분리되지 않는다. 내가 하는 마당놀이와 우리 민족의 마당놀이가 외형적으로는 전혀 다른 분야 같지만 본질은 통하는 것 같다. 함께 즐길 수 있어 재미가 있다. 집에서 하는 마당놀이는 북도, 장구도, 꽹과리도 없다. 구경

꾼도 없다. 우리는 구경꾼이 아니라 주인공이다.

한쪽에서는 쿵쿵 도끼질을 하고 나는 쪼개진 나무를 높이 높이 쌓아 올린다. 마당에 눈이 내리는 날은 마당놀이가 더 재미있다. 나무 위에 장독 위에 소복이 쌓인 눈을 사진으로 남기고 큰길까지 비질하면서 땀이 나도록 놀이에 푹 빠져 있다. 이렇게 신명 나게 한바탕 놀고 나서 마시는 커피 한 잔은 정말 달콤하다. 삶에 대한 감사가 만족하도록 흡족하다.

내 울타리에서 즐길 수 있는 사소한 즐거움으로 인생을 풍요롭게 한다. 생각해 보면 이제 크게 의미 있는 일도 성취하고자 하는 일도 줄어든다. 숲에 살다 보니 이 숲이 얼마나 소중한지를 실감하며 살고 있다. 세상에 크게 기여하는 삶, 거창한 일이나 계획은 능력 밖의 일이다. 다만 이 세상에 해악을 끼치는 일은 줄여 보려고 한다.

살다 보면 마음에 찌꺼기가 생긴다. 그런 우울한 기운을 마당에서 한바탕 땀을 흘리며 놀고 나면 몸속의 찌꺼기가 다 빠져나가고 맑은 기운으로 다시 살아갈 힘이 생긴다. 나는 울도 담도 없는 이 산속의 영주다. 영주에게는 누릴 수 있는 권력만 있는 것이 아니라 잘 가꾸어야 할 의무도 있는 것이다. 권력을 누리려면 의무를 더 잘 지켜야 한다.

덕암골 마당놀이 제목은 장작패기다. 한바탕 놀았더니 웅크리고 있던 우울함이 다 빠져나갔다. 뭉쳐있던 체증이 내려가니 시원하다. 명절 끝의 쓸쓸하고 우울하던 마음은 어디로 갔는지 보이지 않는다. 얼~쑤, 좋~다.

5인분 노예로 승진했어요

비 내리는 여름날 아침이다. 오랜만에 내리는 비에 우산을 쓰고 달달한 커피를 들고 뜨락으로 나갔다. 평소 나갈 때는 장화를 신고 장갑과 호미를 챙겨 전투태세를 갖추고 나간다. 오늘은 풀은 보지 말고 꽃만 보기로 다짐을 했다. 촉촉한 마당을 오랜만에 편안하게 걸었다.

날씨 덕분에 오늘은 여유가 생겼다. 정원에서 삽질하고 나무전지를 하며 땀을 뻘뻘 흘리는 그분을 TV에서 보는 순간 누워 있다가 벌떡 일어나 앉았다. 단정하게 앉아서 들어야 할 이야기다. 화장기 없는 얼굴, 짧은 단발머리는 하얗고 작

은 키, 게다가 나이는 일흔둘이시란다. 일흔두 살 저 나이에
도 저렇게 예쁘게 웃을 수 있구나. 열정적으로 살아가시는
모습이 감동이었다.

괴테는 『파우스트』를 60년 동안 썼다. 60년 동안 쓴 글을
전영애 선생님은 40년을 공부하고 나서 비로소 번역하신다
는 말씀 또 감동이다. '여백서원'을 가꾸는 전영애 선생님은
독일어 교수로 은퇴하셨다.

지금은 5인분 노예, 박수부대, 괴테 연구가로 글을 쓰며
살아가는 일상을 보여주신다. 부지런하고 자연을 사랑하고
무엇보다도 인간애를 실천하시는 모습이 존경스럽다. 글을
쓰기 위해 만든 당신의 공간은 키 큰 사람은 다리도 뻗지 못
할 만큼 작다. "꽃은 예쁜데 나는 웃어도 안 예뻐, 일흔둘까
지 살아보니 소중한 것은 찰나 같은 시간이다."라고 하는 말
씀에 공감하고 또 공감한다. 은퇴 후 여주에 자리를 잡고 '여
백서원'을 손수 가꾸는 전영애 선생님, 내 눈 엔 살아있는 성
자시다. 일면식도 없는 선생님은 이 시대 이 나라의 진정한
어르신으로 한번 만나보고 싶다. '여백서원'은 흰빛과 같은
사람, 친정아버지의 호를 딴 것이란다. 나이듦이 저렇게 아

름다울 수 있다면 나이듦이 두렵지 않겠다. 자랑스럽고 편안하고 환하게 웃을 수 있다는 것, 내게는 일흔둘의 선생님은 희망, 떨림, 감동, 존경, 위로 세상에 좋은 단어는 다 드리고 싶다. 선생님과 함께 '여백서원'을 거닌 듯 가슴이 뜨거워졌다. 일흔두 살 두렵지 않게 맞이해야겠다는 무엇이 뜨겁게 올라온다.

세상에는 하찮은 직업, 인생은 없다고 말한다. 시장에서 장사를 하든 대학에서 학생을 가르치는 사람이건 그 사람이 어떤 인생관으로 살아가느냐가 중요하지 싶다. 지식만 많고 행실이 바르지 못하면 그깟 지식은 한낱 도구에 불과한 것이고 배움이 짧아 지식은 적지만 생각과 행동이 올바르면 존경심이 생기는 것이다.

이 시대의 어른은 어떠해야 하는가. 나이만 먹었지 어른으로서의 행동을 못 할 때가 많다. 누가 보아서가 아니라 나 스스로 부끄러움을 느낀다.

고속도로를 달릴 때 화물차들이 다니면 운전하기 부담스러울 때가 있다. 그런데 고속도로에 화물차들이 많이 다니면 기분이 좋다고 하는 분이 있다. 우리나라 산업이 활발하게 돌아가는 것 같아서 관광차나 자가용이 많이 다니는 것보다 짐을 실은 화물차가 다니면 기분이 좋다고 하던 그분을 보면서 이 나라의 주인이구나, 어르신이구나 생각했던 적이 있다.

비가 내리는 아침에 '여백서원'에 흠뻑 젖어보았다. 전영애 선생님은 아직도 할 일이 태산 같다. '여백서원' 옆에 괴테마을도 조성 중이고, 쉼이 필요한 사람들에게 별을 볼 수 있는 작은 공간, 마음이 허기진 사람들을 위해 책 오두막도 만들 것이라며 선생님은 실리를 위해 하는 일이라면 못 하실 거라 하신다. 저 사람 어디 아프겠다. 알아주는 것은 어마어마한 감쌈이라고 하신다. 올바른 목적에 이르는 길은 그 어느 구간에서도 바르다. 라고 말씀하시며 "나는 요즈음 3인분 노예에서 5인분 노예로 승진했어요." 하시면서 크게 웃으시는 선생님 모습에서 세상이 다 환해진 듯 밝다. 오늘은 비가 내려 전영애 선생님 삶의 인생철학을 공부했다.

2

날씨
진짜 좋다

궂은날을 살아본 사람은
살짝 열어놓은 문틈 사이로 비집고 들어오는
햇살에도 따스한 감정을 느낄 수 있다.
세상은 초록으로 물들어가는 아름다운 봄이다.
오늘도 눈부신 햇살이 내 눈을 찌른다.
벚꽃도 우르르 다지고 마당엔
라일락, 붉은 작약, 백 목단이 피고 있고
잔인하고 아름다운 사월은 떠나가고 있다.

−본문 중에서

산다는 게 그런 거지

집안에 적막이 흐른다. 다들 바쁘게 살다 보니 명절에나 뵐 수 있었던 작은아버님, 사촌 서방님들, 우리 애들까지 모두 왔다가 한꺼번에 돌아갔다. 다시 집은 절간 같다. 맞이할 때는 반갑고, 보내고 나면 허전하다. 마음을 달래려 마당으로 나갔다. 훈풍이다. 바람에서 달근한 봄 냄새가 난다. 마당 여기저기 돌아다니며 돌도 몇 개 주워 나르고 뒤꼍 언덕에 마른 풀도 뜯어냈다. 이 숲에 둥지를 틀고 처음 맞이하는 봄이다. 새들이 날아오고 바람은 나무들을 흔들어 깨우고 양지바른 마당에서는 이름 모를 풀들이 수런거리고 있다.

자칭 나무꾼인 남편, 그도 허전한지 아직 온기가 남아있는 아궁에 장작을 또 넣는다. 방이 절절 끓는다. 남편은 지난겨울 아랫목에 누워 등으로 전해지는 온기에 "아이구 뜨뜻햐. 아이구 좋아라." 하면서 등을 지졌다. 아랫목에 누워 좋아라고 할 때 그렇게 좋으냐는 내 말에 "그럼 좋구 말구. 내가 세상에서 제일 행복한 사람 같어."라며 등으로 느끼는 따뜻함이 행복하단다. 이제껏 살면서 겪었던 혹한기의 추위를 다 잊게 해준단다. 삼십여 년 밥벌이하느라 많이 추웠나 보다. 그의 고단했던 지난 시간이 느껴진다. 녹록지 않은 조직 생활에서의 은퇴는 깊은 정글 속에서 빠져나온 느낌 같으리라.

우리는 사회로부터 무장해제 명령을 받았다. 밥벌이를 위해서는 만나고 싶지 않은 사람을 만나야 하고, 상대방 비위를 맞추기 위해 마음에 없는 말을 해야 할 때도 있었다. 그 씁쓸한 기분, 세상과 적당히 타협하며 살아야 했던 불편한 시간에서 해방이다. 전쟁 같은 세상에서 에너지를 다 소진하고 돌아와 다시 힘을 얻고 인생의 후반을 위해 이 숲에 작은 집을 지었다.

시내에서 조금 벗어나 있는 이곳은 고요하다. 어찌 보면 세상으로부터 조금은 외면당한 곳이다. 대다수 사람이 먹는 수돗물도 없고. 전화 한 통화로 먹을 수 있는 배달 음식도 먹을 수가 없다. 신발에 흙을 묻혀야 하는 불편한 곳이다. 해 떨어지면 불빛 하나 없는, 단순해서 조금은 심심한 곳이다. 낮에는 그 심심함을 산비둘기 떼가 몰려와 한바탕 놀다가 가기도 한다. 가끔 우리 집에 오는 손님들이 집 뒤에 있는 산을 보고 누구네 거냐고 묻는다. 나는 거침없이 우리 거라고 한다. 매일 내가 보고 즐기면 내 산이지. 자연은 보고 즐기는 자의 것이지 누구의 것이 있겠는가.

남편은 여기 숲으로 들어와 할 일이 많아 좋단다. 이제 봄이 되었으니 나무도, 꽃도 심어야 하고 뒤꼍에 있는 손바닥만 한 텃밭 농사도 지어야 한다. 농사를 업으로 하는 사람들이 들으면 코웃음 칠 일이지만 해도 해도 일이 끝이 없다. 사람을 사서 할 수 있는 일도 아니고 매일 조금씩 해야 하는 일들이다. 밥을 먹기 위해 하는 일과는 사뭇 다르다. 사람과 부딪히며 하는 일이 아니고 내가 하고 싶어서 하는 일이니 즐겁게 할 수 있다.

조용하고 여낙낙하게 살고 싶어 숲으로 왔지만 명절을 맞아 오랜만에 식구들이 북적거리니 사람 사는 집 같았다. 그들이 떠나고 나는 마음이 허전하여 마당에서 서성거린다. '어차피 같이 살 수 있는 사람은 정해져 있고 가끔 보고 싶은 얼굴들이 찾아오면 더없이 반갑고 즐거운 일이지. 만남이 있으면 헤어짐도 있는 거지. 산다는 게 그런 거지. 지난겨울처럼 혹한이 지나고 나면 따스한 봄날도 있는 거지. 함께해야 즐거운 시간도 있지만 혼자 있고 싶은 날도 있는 거지. 내 둥지에 사람이 찾아오면 반갑고 돌아가면 허전하고 이렇게 사는 거지. 별 뾰족한 수 있나. 등 따습고 배부르면 잘 사는 거지. 산다는 게 그런 거지.' 나는 독백처럼 중얼거려본다.

바람에 봄 냄새가 나지만 아직은 쌀쌀하다. 남편이 아궁이에 나무를 많이 넣었나 보다. 굴뚝에서 하얀 연기가 꾸역꾸역 나와 마당으로 깔리고 하늘엔 눈발이 날린다. 하얀 연기가 적막의 냄새를 멀리 보낸다.

상흔

오월의 초록 세상이 싱그럽다. 길 떠나는 발걸음은 주책없이 초록의 싱그러움만큼 설렌다. 20년 지기 형님이 칠십 번째 생일이다. 생일 핑계로 봄나들이를 떠났다. 김천 청암사인현왕후 길을 걷고 맛있는 것도 먹으며 이 봄날을 보내기로 했다.

청암사는 1200년 된 역사가 살아 숨 쉬는 사찰이다. 비구니 승가대학이 있는 도량이기도 하다. 가람의 단청도 바랐고 오래된 사찰답게 큰 나무들이 자리를 지키고 있다. 법당 앞에 자목련도 나이가 많은 듯하다. 꽃을 빈틈없이 피웠다. 그조차도 도도하거나 화사하거나 예쁘기보다는 세월이 느껴져 경이롭다. 자목련 나무 옆에 있는 단풍나무는 상흔이 너무나 심하여 차마 바라보기조차 민망스럽다. 어느 한 부분도 성한 곳이라고는 없다. 오랜 세월 살아오면서 상처가 많았나 보다. 내 어찌 그 사연을 상상이나 하겠는가. 체구는 왜소하고 마디마디 옹이가 툭툭 불거져 나와 있다. 옹이가 썩어들어가는지 피고름이 흘러 진물이 마른 것처럼 검은 딱정이가 덕지덕지 붙어있다. 그래도 살아있음을 증명이라도 하듯 잎을 틔워 끄먹끄먹 생을 잡고 있다.

숙종의 두 번째 왕비 인현왕후는 희빈 장씨의 간계로 1689년 폐서인이 되었다. 퇴출당한 5년의 기간 중에 3년을 이 청암사에서 기도하며 은거했단다. 임금의 아내, 중전이라면 민초들은 감히 범접조차 할 수 없는 사람이다. 한양에서 이 먼 산골 청암사까지 오는 동안 무슨 생각을 했을까. 중전의 자리를 지켜 내기 위해 모진 고초를 참고 또 참았을 것이다. 그럼에도 폐서인이 된 인현왕후의 속이 저 단풍나무처럼 썩다 못해 문드러졌을 것이다.

칠십 번째 생일을 맞은 형님도 친정에서는 다정하신 아버님 어머님과 여러 형제의 맏딸로 부족함 없이 자랐다. 그런데 술 먹는 남편을 만나 마음고생 몸 고생을 많이 했다. 가까이에서 순탄치 않은 그녀의 삶을 보아왔다. 남편이 술을 마시고 들어오는 날은 폭언이 오가다 보면 폭행까지 가는 날이 있었다. 두 딸을 두고 발 길이 떨어지지 않아 여기까지 왔다고 했다. 차마 나한테 말하지 못한 사연도 있을 것이다.

　내가 아는 것만으로도 몸서리쳐질 때가 있었다. 상처가 밖으로 나타났다면 저 단풍나무 못지않았을 것이다. 그래도 꿋꿋이 참고 견뎌 지금은 잘살고 있는 형님의 모습이 보기 좋다. 그녀뿐 아니라 누구든지 칠십 년을 사는 동안 평탄하게 꽃길로만 걸을 수는 없을 것이다. 비바람과 태풍과 추위를 견디며 살아간다. 단풍나무는 인현왕후 같기도, 형님 같기도, 아니 젊은 날 보증을 잘 못 서 오랜 세월 마음고생을 하며 살아온 내 모습 같기도, 어린 아들을 놓치고 힘겹게 살아가는 우리 동서 같기도, 힘든 병마와 싸우고 있는 내 아우 같기도 하다. 나무를 바라보는 내내 편치 않았다. 사람에게도 그 상처가 겉으로 드러난다면 아마 온전한 모습으로 살아가는 사람이 몇이나 될까. 저 빤한 틈 없는 단풍나무보다 더 흉한 상흔을 가지고 살아갈 것이다. 여자의 삶은 친정을 떠나는 날로 시부모님, 남편, 자식을 위해 생을 다 바쳤다 해도 과언은 아니다. 어찌 여자의 삶만이 힘들다 하겠는가. 한집안의 가장으로 살아가는 남자의 일생이라고 쉽게 가겠는가.

형님과 나는 많은 이야기를 했다. 즐겁게 떠난 칠순 여행지 청암사에서 인현왕후와의 해후, 여자의 일생, 아니 우리의 삶을 생각했다. 화려하게 보이는 사람도 들여다보면 다 상흔이 있다. 상흔을 드러난 채 살아가고 있는 단풍나무는 '한생을 살면서 어찌 상처 없이 가는 삶이 있겠느냐 너만 아픈 것이 아니다. 서로의 상처를 보듬고 사는 것이 인생이다.' 라고 한 말씀하신다. 돌아오는 차 안에서 형님도 나도 말이 없었다.

다시 걸었다

    파도 소리를 벗 삼아 걷는 내 발걸음이 춤을 추듯 가볍고 신났다. "떠오르는 해와 푸른 바다를 바라보며 파도 소리를 벗 삼아 걷는 길," 문장만으로도 충분히 유혹적이다. 해파랑 길은 부산 오륙도부터 강원도 고성 통일전망대까지 도보 여행길이다. 750km, 50코스로 나뉘어져 있다.

    오륙도에서 바다를 바라보며 걷기 시작했다. "세상에 이렇게 아름다울 수가, 그렇지 바다는 파도가 쳐야 멋지지, 멀리서 우르르 몰려와 바위에 부딪히며 하얀 파도를 만들어내는 일, 이것이 바다지."라며 연신 감탄을 하며 우리의 여행에 엄지척했다. 얼굴을 스치는 갯바람의 감촉이 자극적이다.

내가 태어나 처음으로 바다를 본 것도 부산 해운대. 중학교 2학년 때 수학여행 와서 바다를 보았을 때 무서웠다. 이렇게 많은 물, 끝이 보이지 않은 바닷물이 정말로 짠가 싶어 손가락으로 찍어 맛을 보았다.

해파랑길 여행은 단번에 다녀올 수 없는 여정이다. 3년을 계획했다. 사람들은 더 나이 들기 전에 유럽 여행을 하라고 하지만 내 나라를 내 발로 밟으며 다니는 것도 의미 있는 일이지 싶다. 봄과 여름에는 집안일을 하고 늦은 가을부터 2월까지 서너 달 걷기로 했다.

출발한 지 채 한 시간도 못 되어 남편이 탈이 났다. 발을 잘 못 디뎠는지 허리가 삐끗했다는 데 걷지를 못한다. 남편은 아파서 한 발짝도 못 걷겠다 하고, 나는 이 길이 너무 좋아 포기하기가 싫었다. 다쳐서 아파하는 남편이 안쓰럽기보다는 야속했다. 속으로 눈을 흘겼다. 응급처치를 하면서 간신히 걸어 내려와 병원으로 갔다. 침을 맞고 부항을 뜨고 조금 안정을 찾았다. 부산까지 내려갔지만 포기하고 청주로 돌아와야 했다. 1코스도 완주 못 하고 중간에서 하산 한 것이다.

세상사는 일이 그리 순순하게 흘러가게 놔두질 않는다. 조심하고 또 조심했건만 남편은 자신감이 넘쳐 자만했던 것이다. 긴 여정을 시작하는데 경솔하면 안 된다는 자연의 준엄한 경고였다. 귀한 곳은 쉽게 허락하지 않는다는 진리를 또 한 번 몸소 체험했다. 푸른 바다를 뒤로 한 채 아쉬운 발길을 돌려야 했다. 바다, 그 바다라고 늘 넉넉한 마음은 아닌가 보다. 때때로 접시 물보다 더 옹졸하게 굴 때가 있나 보다. '멀리서 갔는데 마음에 안 들더라도 좀 봐주시지.' 바닷길을 허락하지 않으니 야속한 마음이 들었다.

여기서 포기할 수 없다. 며칠 뒤 완주하지 못한 1코스 중간부터 다시 걸었다. 이번에는 각오를 단단히 했다. 해파랑길을 걷는다는 것은 쉬운 일이 아니다. 누구나 할 수 있지만 아무나 할 수 있는 것도 아니다. 해파랑길을 걷다 보면 시골 오일장을 만난다. 시장 구경도 하고 맛있는 것도 먹으며 유유자적 걸을 수 있다. 나이 들으니 참 좋다는 이해할 수 없었던 말이 이해되는 시간이다. 지나온 날들을 돌이켜보면 매일 동동거리며 빨리 뭔가를 해내려고 마음의 여유를 갖지 못했다. 이제는 시간을 다투어 처리해야 할 사무적인 일도 아니고 나이 들어 내 나라 동해안 해변 길을 내 발로 걸어 보는 일에 욕심낼 이유가 하나도 없다. 천천히 느긋하게 세상을 엿보며 걷는 여행이다. 해물 음식을 좋아하는 나에게 해파랑길 걷기는 맛 기행이기도 했다. 아직은 10코스, 206km밖에 걷지 못했지만, 몇 년이 걸리더라도 꼭 50코스까지 완주해내고 싶다.

내가 걸어간 10구간은 다 아름다운 바닷길만 보여주지는 않았다. 아름다운 해변 길, 숲길, 마을 길을 걸었다. 해파랑 길은 내가 걸어가야만 만날 수 있는 풍경들이 있다. 걷지 않으면 절대로 만날 수 없는 풍경들, 나는 오래전에 꾸었던 작은 꿈 하나 실천하는 중이다. 어떤 인생도 처음부터 마치는 그날까지 아름다운 길만 걸을 수 있겠는가. 평탄한 길을 가다가 험준한 산길도 걷게 되는 것이 세상의 이치다. 해파랑길 걷기는 자신을 돌아보는 계기, 용기, 위로, 감사다. 아직 걸어가야 할 길이 많이 남아있다. 또다시 걸을 것이다.

꽃의 정원

어쩌자고 사찰에 와서 물건을 탐하는가. 마음에 평화를 얻고 싶거든 모든 욕심을 내려놓으라는 부처님 말씀도 있거늘. 사람에게도 아니고 물질에 눈이 어두워 갈등을 하고 있는가.

집에서 차로 30분 거리에 있는 사찰, 마야사에는 카페가 있다. 신도가 아니어도 차를 마시며 담소를 나눌 수 있는 예쁜 공간이다. 카페 벽에는 여러 작품의 그림이 걸려있다. 나는 갈 때마다 그림을 보는 재미가 쏠쏠하다. 많은 그림중 하나가 내 눈에 박혔다. 나는 그 그림을 보러 카페로 가는 날도 있었다. 목이 빠지게 바라보고 돌아오려는데 스님이 꽃을 심고 계셨다. 그림의 출처를 여쭈어보았다. 집에 돌아와 아무리 인터넷을 뒤져도 나오질 않는다. 그 다음에 또 보러 갔다. 스님께도 그림을 구입해 달라는 부탁을 드렸다. 그날도 목이 뻐근하도록 그림을 보았다.

스님은 꽃밭에 계셨다. 나도 어디서 그런 용기가 아니 망언이 튀어나왔는지 놀랐다. "스님 저 그림 가져갈래요." 했다. 스님께서는 냉큼 그러라고 하신다. 말이 떨어지기 무섭게 카페 이층으로 뛰어 올라가 그림을 안고 내려왔다. 이 기회를 놓치면 그림이 연기처럼 사라지기라도 할 것 같아 총알처럼 뛰어갔다. 갖고 싶어 안달했던 그림을 가지고 집으로 돌아오는 차 안에서 생각하니 아차 싶었다. 그림이 있던 빈자리에 다른 그림을 먼저 걸어놓고 가져와야 하는 거였다. 그럼에도 다시 마야사로 가지 않았다.

어쩌자고 스님한테 그림을 내놓으라고 했을까. 잔잔한 꽃무리, 강렬하지 않은 색채가 내 맘에 쏙 들었다. 물건에 좀처럼 욕심을 내지 않는다고 생각했는데 이 그림은 갖고 싶은 마음을 참을 수가 없었다. 그림을 보고 있으면 혼자 상상의 날개를 펼쳤던 촌스런 아이가 꽃 속에서 웃고 있는듯하다.

꼭 어떤 사람이 되겠다는 꿈도 갖지 못하고 막연히 시골 초등학교 선생님이 되고 싶었던 내 유년이 있다. 아이들과 논과 밭으로 돌아다니는 선생님을 상상했다.

그림을 탐하여 가져와 놓고는 마음에 짐을 지고 사는지 알 수가 없다. 색감이 강렬했거나 꽃이 크거나 화려했다면 끌리지 않았을 것이다. 반드시 사람뿐만 아니라 물건도 인연이 있다. 우리 집 거실에 걸려있는 그림은 일방적이고 억지로 맺은 인연이다. 그림을 볼 때마다 마음이 묵직하다. 여럿이 보면 좋을 걸 혼자 보겠다고 내 집에 걸었다. 나처럼 그림이 좋아서 카페에 오는 사람도 있을 텐데 말이다. 어떤 입양아의 말이 생각난다. 낳았다고 가족이 아니라 가족은 만들어가는 것이라고. 이 말로 나를 위로해 본다.

그림은 그리는 화가가 있고 감상하는 사람, 소장하는 사람이 있다. 사람들은 어느 구석이든 좋은 예술품이 있는 곳은 찾아간다. 예술은 사람을 부르는 손짓이다. 아무리 바쁘거나 멀리 있어도 보고 싶은 작가의 그림이거나 연극, 영화, 조각 등등 예술작품을 직접 보고 느낄 때 벅찬 그 감동은 잊을 수가 없다. 그 감동은 마약 같아 한 번 그 느낌을 맛보면 끊을 수가 없다. 예술작품은 그런 것이다. 작가가 작품을 세상에 내놓으면 그 작품은 작가의 것이 아니라 보고 즐기는 사람 것이다.

　마야사에서 가져와 우리 집 거실에 걸려있는 그림은 구스타프 클림트의 꽃의 정원이다. 이 그림이 좋아서 구입하셨을 텐데 선뜻 떼어주신 스님의 마음, 원망하는 마음 없이 가족의 의미를 생각하는 입양아, 그림을 그리는 화가의 마음. 혼자 보겠다고 그림을 가져온 나, 그림 속의 꽃을 보며 그들의 마음속으로 들어가 본다. 꼭 내 손에 넣어야만 내 것은 아니거늘. 그림은 어디에 있든 내 마음속에 간직하면 되는 것이다. 스님께 떼를 써 안달을 하며 내 집 거실에 달아놓고 마음이 불편하면 더 이상 귀하거나 소장의 기쁨은 떨어진다. 무엇이든 놓여 있는 그 자리에서 여럿이 함께 보고 즐겨야 그 예술이 빛나는 것이다.

　설도 지났다. 이제 봄이다. 스님은 사찰 곳곳에 꽃을 심으셨다. 그림 속의 꽃이 아닌 온 천지가 살아있는 꽃의 정원이 될 그 날이 머지않았다.

고립과 자유

햇살이 참 좋다. 어디론가 출발하기에 좋은 날씨다. 구불구불 몇 굽이를 넘고 넘어 도착한 강원도 검댕이골, 사람 발길이 뜸한 이곳 바람이 달달하다. 청주에서 해가 창창할 때 출발했는데 검댕이 골에 도착한 지금 해가 서산으로 기울었다. 오랫동안 비워놓았던 집안에는 냉기가 가득 차 있다. 서둘러 난로에 불을 피웠다. 장작 불꽃이 냉기를 쫓아냈다. 지난해는 코로나로 나뿐만 아니라 모두가 자유를 잃었다. 잘 나오던 TV가 화면 정지 상태가 된 것처럼 일상이 멈추어졌다.

눈이 내리는 날이면 한계령을 넘어 강원도로 떠나고 싶었다. 문정희 시인의 「한계령을 위한 연가」 "한겨울 못 잊을 사람하고 한계령쯤을 넘다가 뜻밖의 폭설을 만나고 싶다 (중략) 한계령의 한계에 못 이긴 척 기꺼이 묶였으면/ 오 오 눈부신 고립"(생략) 시구처럼 눈이 내리는 강원도 어느 영쯤에 묶여 눈부신 고립 이런 시어를 찾고 싶었다.

며칠 전 문우와 통화 중 강원도 검댕이골로 여행 가자는 말이 반가웠다. 앞뒤 재지 않았다. 눈부신 고립은 아니지만 고립의 자유, 자유의 고립을 느끼고 싶다. 우리는 늘 자유를 꿈꾸면서 어느 순간 고립의 두려움에서 가장 편안한 자유를 누리고 싶은 이중성의 모순을 범하며 살아간다. 종종 세속을 떠나 유유자적 나그네의 삶을 즐겨 보고 싶은 욕망을 가지고 있다지만, 집을 떠나는 일은 머뭇거려진다.

산속에 살면서 또 산속으로 가느냐고 한다. 왜냐고 물으면 나는 대답이 곤란하다. 모르겠다. 산속에 살면 도시가 그리울 거라는 생각을 할 수도 있겠지만 도시에 들어가면 얼른 빠져나오고 싶다. 나는 전생에 스님이었거나 산짐승이었거나. 글로써 말로써 내 생각을 다 표현할 수 없는 것도 있는 것이다.

검댕이골에서는 도시의 소음 그 흔한 차 소리도 없다. 우리가 머물고 있는 집엔 인터넷도 되지 않는다. 들리는 것은 계곡에서 흐르는 물소리, 밤이면 별이 쏟아져 지상이 별 밭이 될 것 같아 가슴이 두근거린다. 특별히 뭐가 하고 싶어서 그 먼 길을 달려 온 것은 아니다. 하루는 밭둑을 따라 걸어보고 또 하루는 산길로 또 하루는 커피를 들고 계곡을 따라 걸었다. 불 멍, 산 멍만으로도 지루하지 않다. 그저 허송세월하고 있다.

계곡에는 버들가지가 피고 생강나무꽃 몽우리가 금방 터질 것 같다. 지나간 모든 봄은 새로웠다. 내가 기다리는 돌아올 봄도 기대가 된다. 버들가지 몇 개와 산수유 가지 몇 개를 꺾어다 방안에 꽂아놓았다. 봄이 바짝 다가왔다.

타인에 의한 고립은 비참해서 슬플 것이다. 지금 내가 선택한 고립에서 자유로운 여유를 즐기는 중이다. 얼음장 밑으로 흐르는 물소리를 들으며 계곡을 따라 산책하면서 난로에 불쏘시개로 쓸 하루치 삭정이를 들고 와 잘게 잘라놓고 기쁨에 겨워 초저녁잠을 청한다.

아직 폭설은 오지 않았는데 벌써 세 번째 검댕이 골 노을이 졌다. 검댕이 골에서 함께 고립의 자유를 누린 그녀와 어떤 날은 많은 이야기를 나누고 어떤 날은 서로의 생각에 잠겨 침묵했다. 숲만 바라보고 있어도 괜찮았다.

아직은 바람 끝이 차다. 내게 오는 봄을 반갑게 맞으리라. 다시 일상으로 돌아가는 길도 조금 설렌다. 며칠 떠나있던 일상이 또 그리웠는지도 모르겠다. 잠시 내가 있던 자리를 비워도 세상은 아무 일 없이 돌아가는데 무엇이 그리 못 미더워 떠나기를 망설이고 망설이는지 모르겠다.

검댕이골, 고립된 공간에서 무한의 자유를 누렸다.

집 정리 다 했어요?

　새벽부터 굴삭기 소리가 요란하다. 며칠 전부터 신작로에서 우리 동네로 들어오는 길에 빨간색으로 금을 그어 놓더니 오늘부터 파 젖히나 보다. 이제는 수돗물을 먹을 수 있다 생각하면 며칠간 소음, 먼지, 통행의 불편함쯤은 참아야 한다.

　삼 년 전 남편이 퇴직하고 우리 손으로 천천히 집을 지어 보자고 하여 동의했다. 건축하고는 거리가 먼 인생을 살아온 사람이 6개월 흙집학교(건축학교)를 다니더니 한번 해보잖다. 무식하면 용감하다는 말을 뼈저리게 알았다. 우여곡절을 겪고 이십 평 남짓 작은 집을 지어 전원생활을 시작하게 되었다. 집만 덩그러니 지어 놓았으니 삭막하기 이를 데 없다. 일을 해도 해도 끝이 없다. 공사하고 남은 자제를 치우는 일도 일 년 이상이 걸렸다. 보는 사람마다 "집 정리 다 됐지요?"가 내게 건네는 인사다. "아직요"가 대답이다.

며칠 전 동네 형님이 병원에 입원하셨다. 깜짝 놀라 병문안을 갔더니 무릎을 너무 썼더니 고장이 나서 보수 공사했다고 해서 "보수공사는 잘됐지요?" 해서 한바탕 웃었다. 매일매일 크고 작은 사고가 끊이지 않는 것이 우리가 사는 세상이다. 우리 삶이나 공사 현장이나 별반 다를 게 없다. 공사장에는 항상 위험이 도사리고 있고 언제 어떻게 사고가 날지 모른다. 평온한 날 같지만 날마다 사건이 터진다.

여자와 남자가 만나 결혼하여 아이들이 생기고 그 아이들 대학만 졸업시키면 내 할 일 다 했다 생각했지만 아니다. 취직하고 나니 결혼, 결혼시켜놔도 끝이 아니다. 크면 클수록 더 큰일로 가슴 철렁한다는 말이 헛말이 아니었다. 어쩌면 우리 삶도 끝나는 날까지 완공하지 못하고 진행 중인 공사 현장이지 싶다. 늘 치열하고, 시끄럽고, 살벌하다. 못질을 하고 다시 못을 빼고 새로 만들고 뜯어내고 끝없이 보수공사를 하며 살아가는 것이다. 아마 이생을 다하는 날까지 공사 중이라는 팻말을 내리지 못할지도 모른다.

　마음도 수시로 무너진다. 함께 사는 사람이 무너뜨리고 자식들이 철렁하게 하고 직장 상사에게 깨지고 믿었던 사람이 잘 쌓아놓은 벽에 금을 내놓기도 한다. 금 간 부분은 보수하기도 까다롭다. 어떤 부분은 쉽게 보수가 되지만, 몇십 년이 지났지만 보수하지 못하고 무너진 채로 방치한 것도 있다. 누구에게도 맡길 수 없는 난공사다. 우리는 늘 보수공사를 하며 살아야 한다. 다른 사람들에게는 보이지 않지만, 자신에게는 커다란 흉물로 남아있는 한 부분도 있다. 그 사연은 말할 수 없어 포장으로 덮어 놓았을 것이다. 수시로 단도리를 하며 살지만 어디서 무너질지, 물이 샐지 모른다.

　겨우 집만 모양을 갖춰놓으니 마당 공사를 해야 했다. 마당 공사도 집 짓는 일보다 쉽지 않다. 끝없는 노동력과 시간과 노력이 필요하다. 쉽게 가는 삶이 없듯 거저 이루어지는 것도 없다는 것을 집을 지으며 더 실감한다. 굴삭기가 들어와 마당을 파헤쳐 수로를 묻고 물길을 냈다. 이제는 끝없이 해야 할 뒷마무리가 무섭다.

마당에 나무를 심고 다시 거기에 맞춰 계절별로 볼 수 있는 꽃을 심어야 한다. 봄부터 시작하는 풀 뽑기는 한여름인 지금까지도 계속이다. 잔디밭에 풀을 뽑고 있는 손등으로 햇살이 따갑게 쏘아댄다. 이 뜨거운 여름을 더 뜨겁게 달구는 공사장 굴삭기에서 시원스럽게 수돗물 쏟아지는 소리가 들리는 듯하다. 며칠만 참아야 하는 일이라면 얼마든지 참을 것이다. 견딜 수 없는 것은 언제 끝날지 모를 때이다.

언제쯤이면 시원하게 "집 정리 다 했어요."라고 할까.

날씨 진짜 좋다

밤새 비가 내렸다. 마당이 초록초록 싱그럽다. 비가 내린 마당으로 장화를 신고 나갔다. 올해 처음 피는 백 목단 한 송이가 꽃잎을 조심스럽게 열고 있다. 바가지로 떠먹여 주는 물로는 힘을 키울 수가 없었는지 꽃들이 창백했었다. 꽃 한 송이 나무 한 그루 보기 좋게 키워내는 일이 쉽지 않다. 하늘이 도와줘야 좋은 풍경을 볼 수 있다. 어제는 비가 내렸고 오늘은 햇살이 곱게 마당에 내려와 있다. 나도 습기의 관능에 몸과 마음에 생기가 돈다.

내게 사월은 특별하다. 사월에 결혼했고 시부모님과 이별도 사월에 했다. 그날도 오늘처럼 봄볕은 따스하고 부드러웠다. 주말이었다. 온 가족이 모여 아침을 먹고 부모님은 작은아버님 생신 모임으로 작은아버님 차를 타고 진천으로 향하고 애들은 학교 도서관으로, 나는 문학회 행사장이 있는 무심천으로 각자 바쁜 주말을 보내기 위해 집을 나섰다. 바람은 따스하고 햇살은 눈부셨다.

무심천에 벚꽃은 절정을 이루고 한 치의 오차도 없는 화창한 봄날이었다. 집을 나선 지 한 시간이나 지났을까, 전화가 왔다. 시부모님이 타고 가신 차가 사고가 났다는 것이다. 그 봄날 시부모님이 한날한시에 봄볕 속으로 영원히 떠나셨다. 우리는 그렇게 작별 인사도 못 한 채 영영 작별했다. T.S 엘리엇이 잔인한 사월이라 했던가. 나는 언 땅에서 라일락꽃이 피어나고 죽은 가지에서 새싹이 나오고 꽃이 피어 잔인하다는 말은 사치로 들린다. 다른 사람들에게는 더없이 아름다운 날에 우리는 기가 막히게 잔인한 이별을 했다.

우리 집 마당에 꽃이 피면 꽃을 좋아하시던 어머님 생각에 코끝이 시큰거린다. 지난 주말에 10주기 제사를 지냈다. 예쁜 사월, 아름다운 사월, 사월에 대한 온갖 찬사가 쏟아져도 우리 부부에게는 봄날의 아픈 상처다. 그리움이다. 10년 전 사월에는 꽃 피는 것이 야속하게 느껴졌었다. 마음이 지옥이면 꽃도 지옥의 저승사자로 보이고 마음이 천국이면 길가에 버려진 휴짓조각도 꽃으로 보이는 것이다.

며칠 전 오랜만에 문학단체에서 기행을 떠났다. 맑고 따뜻한 날씨였다. 오랜만에 떠나는 여행에 좋은 날씨만큼 회원들은 한껏 들떴다. 그동안 코로나19로 인해 단체행사를 치르지 못했다. "날씨 참 좋다."라는 말만으로도 환해지는 느낌이다. 너무나 오랜 시간 전염병으로 온 세상이 우울했었다. 좋았던 시절이 있었던가 싶게 움츠리고 살았다. 힘든 시절이라고 좋은 일이 없었을까. 헌데 무엇을 해도 좋았다, 라는 말을 못하고 살았기 때문에 좋았던 기억이 없는 것처럼 느껴지는 것이다. 날씨가 좋다고 느끼는 것은 오늘 내 기분이 좋다는 말로 들리기도 한다. 어찌 맑은 날만 좋은 날씨랴.

엊그제는 비가 내려 이웃과 커피를 마시며 한유한 시간을 보냈다. 이웃의 정원엔 온갖 꽃이 다 있다. 우산을 쓰고 정원을 걸으며 꽃 이야기로 시간 가는 줄 몰랐다. 비가 내려서 진짜 좋은 시간이었다. 까끌막진 언덕에 올라가 있던 마음이 꽃밭같이 평온해지는 듯했다.

　바람이 거칠게 부는 것도 까닭이 있겠거니 하면 참을 수 있다. 금세 지나갈 것을 믿고 있는 것이다. 궂은날을 살아본 사람은 살짝 열어놓은 문틈 사이로 비집고 들어오는 햇살에도 따스한 감정을 느낄 수 있다. 세상은 초록으로 물들어가는 아름다운 봄이다. 오늘도 눈부신 햇살이 내 눈을 찌른다. 벚꽃도 우르르 다지고 마당엔 라일락, 붉은 작약, 백 목단이 피고 있고 잔인하고 아름다운 사월은 떠나가고 있다.

애가 타

산다는 게 무엇인가. 하루하루 애를 태우는 일인가보다. 애가 탄다는 것은 창자가 탄다는 것이다. 얼마나 간절하면 창자가 타들어 가도록 속을 끓인단 말인가. 애가 끓는다, 애간장이 녹는다는 말을 생각해 본다. 뱃속에 있는 장이 끓고 녹을 만큼 무엇이 그리 간절한 것인가. 우리가 사는 일이 그러하다. 보고 싶은 사람을 못 봐서 애가 타고 옆에 있는 사람이 아파서, 비가 많이 내려도 가뭄이 길어도 애가 탄다. 애를 태우며 사는 것이 사람만이 아니다. 새끼를 지켜 내야 하는 동물은 다 그런 것 같다.

남방큰돌고래가 죽은 새끼를 등에 업고 유영하는 모습을 TV에서 보았다. 등과 앞 지느러미 사이에 업고 바닷속을 유영하는 돌고래의 모성은 차마 눈 뜨고 볼 수가 없었다. 먹이도 먹지 못하고 죽은 새끼를 업고 있는 남방큰돌고래는 애간장이 녹았을 것이다. 돌고래도 그럴진대 사람이야 오죽할까.

해외에서 근무하는 아들이 그제 왔다. 삼 개월에 한 번씩 다녀가던 휴가를 이번엔 팔 개월만이다. 해외에 나가 있어 늘 걱정이었다. 우리나라보다 의료시설이 열악한 나라에 가 있으니 혹여 코로나19에 감염되면 어쩌나 하루하루 피가 말랐다. 휴가는 나왔지만 아직 얼굴도 못 봤다. 서울에서 자가격리 15일을 해야 한다. 노래가사처럼 "그냥 바라만 봐도 애가 타. 맘이 너무 아파서 애가 타" 이 가사가 내 마음이다.

지난밤, 태풍 바비가 지나갔다. 기상청 예보 보다 우리가 사는 청주는 순하게 다녀갔다. 고마운 일이다. 태풍 바비가 지금 이 지구상에 떠돌고 있는 병원균이나 몰고 갔으면 하는 바람을 가져봤다. 코로나19, 잡힐 듯 잡힐 듯하면서 잡히지 않아 더 애가 탄다. 벌써 밤송이도 제법 굵어졌다. 머지않아 벌판은 황금물결을 이룰 것이다. 논길을 따라 산책하며 이 계절을 마음 편안하게 누리고 싶다. 매미가 안타까운 시간을 보내며 제 짝을 찾는 노래, 애가 끓는다. 애끓는 소리에 온몸이 오그라든다.

무엇을 해도 좋은 계절이다. 그런데 이 좋은 계절을 즐길 수 있는 여유를 허락받지 못했다. 54일간의 긴 장마가 할퀴고 간 상처로 전국은 아직도 피고름이 줄줄 흐르고 있다. 그런데 또 코로나19까지 확산하여 불안에 떨게 한다. 하루하루 애가 탄다. 사람의 힘으로 어쩔 수 없는 자연 앞에 우리는 그저 속수무책으로 당할 수밖에 없는 것인가.

친정 할머니는 궐련을 피우셨다. 궐련 초는 잎담배를 담뱃대에 넣어 태우는 것이다. 할머니 담뱃대를 한번 빨아 본 일이 있다. 그때는 그 쓰고 역겨운 궐련을 왜 피우는지 몰랐다. 세상사는 일이 그 궐련을 피우는 일보다 더 쓰고 고약한 일이란 것을 사십 넘어 알았다. 할머니는 9남매를 낳으셨지만, 그중에 큰 자식부터 넷을 저세상으로 보냈다. 사랑하는 어린 자식을 먼저 저세상으로 보내야 하는 그 억장 무너지는 심정을 무엇으로 달랠 수 있단 말인가. 궐련을 태워 연기로 뿜어 내셨던 것이다. 피운다는 말은 너무나 평화롭다. 태운다는 표현이 맞는 것 같다. "속이 썩는 거면 다 썩어 문드러졌을 겨"라고 하셨다. 내가 할머니 나이가 되고 보니 그 말을 알 것 같다.

젊은 시절엔 내 뜻대로 되지 않는 일에 참기보다는 화를 내고 타협보다는 억지를 썼다. 자식을 키워내야 하고 밥을 먹고 살아야 하는 일은 한 끼 밥상을 차리는 일처럼 단순한 일이 아니다. 나를 지켜 내는 일, 온 마음을 다해 애를 끓여야 하는 일이다.

늦바람

올 들어 가장 추운 날이란다. 눈까지 내렸다. 꼼짝 못 하고 집안일이나 해야겠다고 마음먹었다. 점심을 먹고 나니 날씨가 풀렸나 보다. 형님한테 운동 가자는 전화가 왔다. 하던 일 다 재껴 놓고 파크골프장으로 갔다. 이 추운 날씨에도 구장은 꽉 찼다. 게임하는 데 정신을 팔다 보니 해가는 줄도 몰랐다.

어느새 사람들이 다 빠져나가고 구장엔 우리와 형님 내외만 남았다. 까치발을 뜨면 손에 잡힐 듯이 초저녁달이 떠오르고 그 반대편으로 노을이 지고 있다. 붉게 지는 노을을 배경으로 철새가 무리 지어 날아가고 있다. 답답하게 쓰고 있던 마스크도 벗고 우리는 멈출 줄 모르고 공을 치며 맘껏 웃으며 놀고 있다. 놀거리가 있고 함께 놀 사람이 있다는 것은 참 행복한 일이다.

파크골프는 일반 골프보다 공이 크고 채는 하나만 있으면 되고 홀 길이가 짧다. 노인들만 하는 것 같은 선입견 때문에 더 거부감이 들었는지도 모르겠다. 남편과 시누님들은 재미 있는 운동이라며 같이하자고 했지만 나는 하지 않겠다고 뒤로 빼기를 질기게 했다. 남편은 내 성격을 알기 때문에 몇 번 권하다가 포기했다.

그런데 형님이 골프채까지 사주면서 같이하잖다. 그래도 버티고 있었다. 한 번만 가보자고 하는데 그것까지 버틸 수가 없어서 따라갔다. 생각보다 재미가 있었다. 늦게 배운 도둑질 날 새는 줄 모른다고 지금은 내가 먼저 서둘러 구장으로 가고 있다. 구장에 가는 날은 약속도 잡지 않고 집안일도 다음으로 미룬다. 운동경기는 반드시 승자와 패자로 나뉜다. 그 불편함이 싫어 경쟁하는 운동을 피해 왔다. 그런데 가족들끼리 하다 보니 이겨도 패해도 즐겁다. 그래도 이기면 더 신이 난다.

"삶을 즐겨라. 소중한 인생은 매 순간 속에 있다."라고 한다. 이순 중반이 넘어 처음 접해 보는 생소한 것들이 많다. 세상이 변해가는 것을 바라보면 어지럽다. 인터넷이 그러하고 다양한 삶의 방식들, 예를 들면 결혼은 하지 않고 혼자서 자식을 낳아 기른다는 생각. 이만큼 세월을 걸어왔음에도 불구하고 납득되지 않는 삶들이 많다. 살아온 습관에서 조금만 벗어나도 어색하고 낯설어 피하고 싶었던 내 생각도 운동을 하면서 조금씩 변해간다. 습관대로 살아도 못살지는 안겠지만 이제는 내게 다가오는 매 순간을 즐기며 살아가고 싶다.

파크골프도 사람살이와 별반 다르지 않다. 젊어서 실수를 하면 살면서 회복할 수 있는 시간이 있다. 그러나 나이 들어 실수하면 회복이 어려운 것처럼 파크골프도 티샷은 조금 잘 못해도 두 번째 샷을 잘하면 승부를 낼 수 있다. 그리고 혼자하는 것보다 팀을 이뤄 게임을 하면 잔재미가 있다. 이것 또한 상대방을 이기려고 욕심을 부려 크게 치면 오비를 하게 된다. 오비를 하면 벌타 두 타가 되므로 타점에 손해를 본다. 그렇다고 또 소심해서 짧게 치면 승부를 낼 수가 없다. 파크골프의 관건은 힘 조절과 방향을 잘 잡아야 한다. 혼자보다는 함께 어울려야 재미가 있고 몸과 마음의 힘을 빼야 잘 칠 수 있다.

그 넓은 잔디 구장에 백여 명이 각각 팀을 이뤄 공을 치고 있으니 패자의 탄성과 승자의 환호성으로 웃음소리가 끊이지 않는다. 우리는 이 기약 없는 역병의 긴 겨울을 통과해 나가고 있다. 구장에 있는 시간만큼은 세상 시름을 잊는다. 늦바람이 용마름을 벗긴다는 속담이 있는데 나는 파크골프에 정신이 팔려 시간 가는 줄 모른다.

살면서 어디에 정신을 팔아 본 적이 별로 없다. 매사 적극적인 성격이 아니므로 누군가 옆구리 찌르면 마지못해 따라가고 내가 먼저 서두르는 법이 없었다. 그런데 요즈음은 파크골프장에 갈 생각만 하면 신이 난다. 늦바람이 무섭다는데, 얼마나 무서울지 한번 푹 빠져 볼 참이다.

2월에 찍는 쉼표

초봄의 햇살이 따스하다. 본격적인 농사철도 아니고 마당에 풀도 아직 잠들어있고 바람은 순해지고 나는 집 밖이 궁금하다. 어중이 시골 사람에게는 연중 2월, 지금이 가장 여유롭다. 어제는 연고도 없고 오라는 이도 없는데 이웃 마을로 마실을 갔다.

동네 고샅을 걷다가 눈에 들오는 것은 새로 지어 근사한 저택이 아니라 낮은 돌담이다. 돌담은 그 동네를, 둥지를 오랫동안 지켜 오신 굳건한 어르신의 이마에 주름진 모습을 보는 것 같다. 사람은 자기가 좋아하는 것에 마음이 끌리는 것은 본능이다. 자연석으로 낮게 쌓은 돌담에 눈길이 간다. 남편은 내게 돌만 보면 눈동자가 달라진다고 놀린다.

돌담길을 걷다 보면 담장 넘어 안주인이 궁금해진다. 어떤 사람이 살고 있는지 마당에는 어떤 꽃과 나무들을 가꾸고 있는지 자꾸만 집안을 힐끔거린다. 사람은 보이지 않고 낯선 이가 반갑지 않은 누렁이가 동네가 울리도록 컹컹 짖는다. 돌담 사이 골목길은 내 고향처럼 편안하다. 돌담은 크고 작은 돌들을 서로 어우러지도록 쌓았다. 잘 쌓은 돌담을 보면서 우리가 사는 세상과 같다는 생각이 들었다. 우리 부모님이 있고 형제가 있고 또 이웃이 있어야 우리가 되는 것같이.

산 밑에 자리 잡은 행세깨나 했을 것 같은 저택의 담장은 일정한 크기의 육면체 사괴석으로 높게 담을 쌓았다. 웅장한 멋은 있으나 나 같은 촌사람 눈엔 너무나 거대하고 육중하여 중압감을 느낀다. 아무도 넘보지 말라는 무언의 눈 부라림 같다. 권력과 부의 상징 같아 가까이하기엔 너무 먼 당신이다. 그러나 자연석으로 쌓은 낮은 돌담은 순하고 착해 보여 말을 걸어 보고 싶어진다. 나 혼자는, 돌 하나는 아무것도 되지 못한다. 함께라야, 우리라야 무엇인가가 이루어진다.

크고 작은 돌이 그 나름의 역할과 자리를 채워줘야 담으로의 명제가 되는 거다.

돌담은 안과 바깥의 경계를 나눈 물리적 공간이라기보다는 마당을 가꾸는 마음씨 좋은 주인을 보는 것 같다. 여름엔 담을 타고 넝쿨식물이 안팎을 넘나들 것이다. 그 담의 품 안에서 안주인은 텃밭과 꽃을 가꾸며 알뜰하게 살아갈 것 같다.

단단한 돌이지만 제대로 쌓아 올리지 못해 허물어지면 삶도 울도 되지 못하고 흉물이 된다. 가족을 다독거리며 따뜻하게 살아갈 것 같은 돌담집에 사는 사람들이 궁금해진다.

사람과 사람 사이도 야트막한 담장이 필요하지 싶다. 담장 없이 수시로 넘나들다 보면 서로를 상하게도 하고 매일 뻔한 놀이에 싫증이 날 수도 있다. 요즈음은 머리카락 한 올도 보이지 않게 담이 아닌 벽을 쌓고 살고 있다. 서글픈 일이다. 구멍이 숭숭 나 있는 돌담 사이로 바람이 드나들 듯 정이 있던 세상은 먼 옛날 동화책 속의 이야기 같다. 사람의 관계가 참 어렵다. 너무 가까워도 멀어도 안 되는 것이 관계의 진리인가보다.

서로 다른 사람이 모여 가족이 되고 세상을 만들 듯 크고 작은 돌을 이용해 담장을 올리고 그 안에 사람이 살아간다. 지구 한쪽에서는 전쟁으로 피를 흘리고 한쪽에는 지진으로 생사의 고통을 받는 이즈음 오늘 내게 주어진 이 일상의 평온함이 감사하다. 초봄의 햇살에게 절하고 싶다. 이웃 동네의 돌담길은 내 유년, 어느 햇살 고운 날 찍은 사진을 보고 있는 것 같다. 연중 유일하게 찍을 수 있는 쉼표 같은 2월도 며칠 남지 않았다.

하루

　동쪽 하늘이 붉게 밝아 옵니다. 이 귀한 하루를 두 손으로 공손히 받습니다. 이 고요의 순간을 느끼며 산다는 것은 엄청난 축복입니다. 신의 은총입니다. 마당의 소나무, 꽃과 잎을 다 떨군 배롱나무와 단풍나무도 조용합니다. 이 고요가 사라지면 다시 소란스런 일상이 될 것입니다. 이 새벽 너무나 고요해서 내 행동은 말할 것도 없고 생각조차 조심스럽습니다. 상스러운 생각을 하면 안 될 것 같고 행동도 거칠게 하면 안 될 것 같아 화분에 물을 주는 일도 새색시처럼 합니다.

　우리는 너무 분주하게 삽니다. 사람들은 잠시 할 일이 없거나 약속이 잡히지 않으면 불안하다고 합니다. 잠시 견디는 것도 참지 못하고 울리지 않는 전화기를 들여다보고 안절부절못합니다.

여름 이 시간은 한낮처럼 시끄러울 것입니다. 시골은 새벽 4시면 경운기 소리 트럭 지나가는 소리, 예초기 돌리는 소리로 시끄럽습니다. 봄과 여름은 종종거립니다. 매일 시끄러우면 정신을 차릴 수가 없고 또 매일 이렇게 고요하기만 하다면 재미가 없을지도 모릅니다. 주위가 고요하다는 것은 외로울 수도 있고 자유로울 수도 있습니다.

우리의 삶은 현재 진행형입니다. 사람들은 해가 뜨고 질 때까지 분주한 하루를 살아냅니다. 평생 하는 일, 이 하루를 반복하면서 이어갑니다. 하루라는 말에는 많은 말과 침묵과 기쁨과 애달픔이 있습니다. 하루하루를 잘 살아내면 일생을 잘 살아 낸 것이라고 합니다.

하루에는 삶과 죽음도 있습니다. 하루를 허투루 써버리는 것은 죄입니다. 오래전 4월, 세상은 온통 꽃으로 뒤덮은 주말이었습니다. 주말이라 온 식구들이 한 밥상에 모일 수 있었습니다. 여섯 식구가 즐겁게 아침밥을 먹고 애들은 도서관으로 나는 문학단체 행사장으로 갔습니다. 어머님, 아버님은 작은 아버님 생신 초대로 외출을 하셨습니다. 그런데 서로 잘 다녀오라는 인사를 나누고 헤어진 지 채 한 시간도 되지 않아 아버님, 어머님이 사고로 우리와 영영 이별을 했습니다. 하루 아침에 부모님을 잃었습니다. 정신을 차릴 수가 없었습니다. 건강하셨던 두 분을 하루아침에 잃고 남편은 오랫동안 눈물의 시간을 보냈습니다. 산다는 것이 이런 것이구나, 이렇게 허망한 것이구나, 이럴 수도 있는 것이로구나 생각하니 삶이 무섭고 두려웠습니다. 인생이란 게 어느 한 장면으로 설명할 수 없습니다.

삶에 의미 없는 순간은 없습니다. 즐거우면 즐거운 대로 괴로우면 괴로운 대로 거기서 심장의 뜨거움을 느낍니다. 사람 사는 세상이 어찌 좋은 일만 있겠습니까. 어느 날은 괴로운 일이 어떤 순간에는 가슴 벅찬 일로 생을 이끌어갑니다. 내 하루는 머지않아 노을이 질 겁니다. 해는 지면서 서산을 황홀하게 물들이고도 한참을 머물다가 어둠에게 하루를 넘깁니다. 해가 저물기 전 가장 황홀한 빛을 냅니다.

겨울 새벽은 오늘처럼 고요한 날이 많습니다. 구순을 바라보는 아버지의 얼굴처럼 깊습니다. 해가 뜨면 새들이 날고 사람들은 잠자리에서 일어나 창문을 열고 이 고요를 깹니다. 여행을 떠나 분주히 돌아다니다가 숙소에 들어와 쉬는 시간도 여행인 것처럼 늘 분주하지만 이 새벽 잠시의 고요도 삶의 한순간입니다.

올해 삼백육십여 개의 하루를 받았습니다. 그 하루하루를 들여다보니 마음껏 웃어 본 날보다는 심각하고 끙끙거린 날이 많았습니다. 다시 올 수 없는 귀한 날입니다. 한 줄의 글을 쓰고 한 끼의 밥을 먹어도 대충하는 것은 이 하루를 헛되게 사는 것입니다. 정성을 다해 생각하고 행동해야 할 것 같습니다. 두 손에 받아든 하루가 점점 더 높아집니다. 만약에 오늘이 내 생의 마지막 날이라면 나는 무엇을 할까 생각해 봅니다.

3

깊은 고요

이 숲에는 태곳적부터 있었던
늙은 고요가 있는 것 같다. 그리고
이 늦가을 내 둥지에서 생겨난 어린 고요와 함께
이 새벽을 지키고 있다.
소나무와 장독대 풍경이 너무나 조용하다.
이 고요는 언제부터 여기에 있었을까.
오늘 새벽에 생겨난 어린 고요가
오래전에 생겨난 늙은 고요와 함께 풍경을 만들었다.
그 고요를 깨고 싶지 않아
나도 가만히 서있다.

-본문 중에서

춘천의 밤

가을이 자박자박 걸어오고 있다. 뒤꼍 언덕 위에 화살나무 잎이 붉게 물들고 있다. 어쩌려고 저리 붉게 타고 있는가. 저 황홀한 빛을 어쩌면 좋은가. 나는 아직 더 머물러 있고 싶은데 다른 계절은 벌써 코앞에 와있다.

그때도 10월 마지막 주말이었지 싶다. 부모님께는 부모님도 잘 아는 친구 미숙이 만나러 서울 간다고 빨간 거짓말을 하고 군에 가 있는 그 사람을 만나러 양구로 향했다. 아침 일찍 청주에서 출발했건만 춘천 가는 버스를 탔을 때는 해가 기울어 가고 있었다. 가을 해는 짧고 초행인 낯선 도시는 두

려웠다. 내 앞에 앉았던 다정한 연인들에게 양구 가는 버스를 어디서 타느냐고 물었다. 친절하게 가르쳐주던 남자가 "지금 양구 가려고요?" 한다. 그렇다고 하니 그 사람은 지금 양구 가면 군에 있는 그 사람을 만나기 어려울뿐더러 만나지 못하면 위험하다며 걱정을 했다.

춘천터미널에서 그 사람은 못 미더운지 나에게 다시 말을 건넨다. "지금 양구로 가는 것은 너무나 위험합니다." 그 남자는 옆에 앉아있는 여자 친구를 가리키며 "이 친구 집에서 자고 내일 첫배로 들어가요." 한다. 옆에 있는 여자도 고개를 끄덕인다.

즉흥적인 남자의 말에 그의 여자 친구도 나도 잠시 당황했었다. 그러면서 공지천에 멋진 와인카페가 있는데 같이 놀자고 한다. 그의 여자 친구도 그리하라며 나를 잡아끈다. 날은 어두워지는데 낯선 양구로 간다는 것도 무섭고, 못 이기는 척 그들을 따랐다. 호수 위의 카페는 아름다웠다. 춘천의 가을밤을 그 연인들과 보냈다.

그는 농대를 나왔고 여자 친구는 교육공무원이었다. 부모님 모시고 농사를 지으며 살 거라는 소박한 꿈을 꾸고 있었다. 그때 너무나 아름다운 기억 때문에 지금도 춘천이라는 지명만으로도 아름다운 도시로 각인되어있다.

자기 여자 친구에게 여자인 나를 재워주라던 그 사람이나, 생면부지의 사람을 자기 집에 들이는 여자나, 처음 보는 사람 집에 따라가는 나나, 지금 생각해 보면 이해하기 어려운 상황이다. 요즈음 같으면 생각도 못 할 일이다. 친구 부모님도, 매일 보며 사는 옆집 사람도 믿을 수 없는 시대에 우리는 산다. 그때는 사람 냄새가 나는 세상이었지 싶다. 그 여자와 하룻밤을 보내면서 참 많은 이야기를 했다. 그의 어린 시절을 들었고 상처를 보았고 꿈을 들었다. 집에 돌아와 여자에게 고맙다는 편지 몇 통을 주고받았다. 어느 날은 그 남자에게서 편지가 왔다.

나는 면회를 갔던 그 남자와 결혼을 했고 그들을 잊고 살았다. 세월이 20년쯤 흐른 후, 어느 날 우연히 전원생활이라는 잡지를 보게 되었다. 잡지에서 그 사람을 보았다. 아름다운 정원을 소개하는 페이지였다. 그 사람은 넓은 정원 커다란 은행나무 아래 놓인 벤치에 그의 아내와 찍은 사진이 있었다. 그의 부인은 그때 그 여자 친구가 아니었다. 잡지의 글과 사진을 통해 본 그는 여전히 낭만적이었다. 잡지사를 통해 그의 전화번호를 알았다. 그러나 통화는 하지 못했다. 그리고 또 몇 년의 시간이 흘렀다.

아름다운 추억을 가진 사람들은 늘 가슴에 따뜻함으로 남아있다. 살다가 가슴 시린 날 그 따뜻함을 생각하면 위로를 받게 된다. 우리는 한 세상을 살아가면서 고마운 사람으로, 사랑했던 사람으로, 아픈 사람으로 잊지 못할 사람이 된다.

나에게 춘천에서 만난 연인들은 고맙고, 내 풋풋했던 그때 한 장의 사진처럼 남아있다. 잊을 수 없는 사람들이다. 그들도 머리는 하얗고 주름진 얼굴에 마음씨 좋아 보이는 이 계절처럼 곱게 물들었을 것이다. 이제 한 번은 만나보고 싶다. 그들에게 와인을 곁들인 맛있는 밥 한 끼 대접하고 싶다. 우리가 만났던 이 계절, 거기 춘천 공지천 카페에서.

10월의 마지막 주말이 저물어 가고 있다.

깊은 고요

아직 어둠이 남아있는 새벽, 마당으로 발을 내딛는 순간 걸음이 멈추어졌다. 나뭇가지에 꽃이 하얗게 피었다. 어젯밤, 안개가 자욱하더니 나뭇가지마다 꽃을 피웠다. 어느 시인이 오늘 생겨난 어린 고요와 태곳적부터 있었던 늙은 고요라고 했다.

이 숲에는 태곳적부터 있었던 늙은 고요가 있는 것 같다. 그리고 이 늦가을 내 둥지에서 생겨난 어린 고요와 함께 이 새벽을 지키고 있다. 소나무와 장독대 풍경이 너무나 조용하다. 이 고요는 언제부터 여기에 있었을까. 오늘 새벽에 생겨난 어린 고요가 오래전에 생겨난 늙은 고요와 함께 풍경을 만들었다. 그 고요를 깨고 싶지 않아 나도 가만히 서있다. 풍경에도 깊이가 있다는 것을 이 산골에 살면서 느껴본다.

며칠 호되게 앓았다. 연말이라 송년 모임도 많았고 가깝게 지내는 지인들끼리 식사 자리도 있어 분주하게 보냈다. 체력이 내 분주함을 받아들이기 힘들었나 보다. 먹으면 토하고 쏟고 병원에 다녀와도 별 효과가 없고 물만 먹어도 소화를 못 했다. 꼼짝없이 집에 있다. 한해를 돌아보니 참 분주하게 살았다. 새로 집을 지었고 그 와중에 바다 건너 여행도 몇 번 다녀왔다.

우리는 너무나 분주하고 떠들썩한 세상에 살고 있다. 바람 없는 날이 없고 날마다 바람이 불고 때로는 비가 내리고 비와 바람이 함께 오는 날도 있다. 어떤 날은 거친 천둥과 번개로 정신을 차릴 수가 없다. 그래서 이런 고요가 특별하게 느껴지는지도 모르겠다. 하루에 몇 가지 일을 하고 약속이 많은 것을 자랑삼는다. 사람들은 우스갯소리로 시간 있다고 하면 찌질하게 보일까 봐 한가해도 바쁘다고 한다. 오늘날은 바빠야 능력 있는 사람으로 보이기 때문에 하는 말일 게다. 분주한 세상에 살고 있지만 가끔 이런 고요가 절실한 날이 있다.

연초부터 이 산골에 집을 짓기 시작했다. 초봄에 시작해서 가을이 되어도 갈무리도 못 하고 몸만 들어와 살고 있다. 세상이 춤을 춘다고 나도 덩달아 춤을 추었다. 젊은 사람들은 바삐 움직이고 나이들은 사람들은 여유를 가져야 한다. 흙탕물이 일었을 때 같이 호들갑을 떨지 말고 바라봐주고 기다려주면 가라앉는다는 진리를 이제야 알 것 같다. 나도 철없이 놀고 있는 사이 어느새 여기까지 왔다. 이만큼, 두 번째 서른을 보낸 지 여러 해다. 오래된 고요가 이제 너도 고요해져라 하고 이 숲으로 보냈나 보다. 나이가 드는 것은 깊어져야 하는 것이다. 계절도 그러하다. 봄에는 촐랑대는 봄바람을 일으키고 여름엔 폭풍과 소나기로 젊은 힘을 자랑한다. 여름에서 가을로 올 때는 태풍을 몰고 와 세상을 어지럽게 한다. 11월 늦가을이 되어야 비로소 참선 같은 고요가 찾아온다.

봄과 여름에는 풍경을 바라볼 새도 없이 하루를 시작했다. 끊임없이 무언가 채우려고 기를 쓰고 마당을 돌아다녔다. 늦가을 서리가 내리니 비로소 풍경이 보인다. 인생도 그런 것 같다. 서리 내릴 때쯤 되어야 나를 돌아보게 되는 것 같다.

'큰바람 뒤에 고요하다.'라는 말처럼 나도 이순 넘으니 이제
는 고요해질 시간이다. 서리꽃을 피우며 찾아온 어린 고요와
태곳적부터 있었던 늙은 고요와 함께 나도 이 숲속 자연의
일부로 고요해지리라.

미끼

냉커피 한잔하자는 이웃의 기별이다. 이 뜨거운 날씨에 냉커피라는 미끼는 덥석 물 수밖에 없다. 마시고 나서 배가 아프든 잠을 설치는 것은 나중 문제고 우선은 얼음이 동동 떠 있는 달달한 커피, 이것을 어찌 외면하겠는가. 미끼가 어디 물고기한테만 쓰이랴.

남편은 은퇴하고 취미로 낚시를 즐긴다. 언제든 떠날 수 있게 시간만 나면 낚시채비를 해 놓는다. 갈고리 S자 낚싯바늘은 물고기가 물면 빠져나갈 수 없도록 만들어져 있다. 그 낚싯바늘에 미끼를 달아 고기를 유인하는 거다. 들깻묵으로 만든 떡밥, 지렁이, 새우 등등 고기의 종류에 따라 미끼도 다르게 쓴단다. 고기는 미끼가 먹인 줄 알고 덥석 문다. 낚시꾼에게는 절호의 찬스지만 고기에게는 위험천만의 순간이다.

낚시를 하기 전에 밑밥을 먼저 준단다. 고기들을 모이게 한 다음 본격적으로 바늘에 미끼를 끼워 고기를 잡는 것이다. 밑밥과 미끼를 잘 구분해야 물고기는 살아날 수 있는 것이다. 미끼라는 말은 부정적인 뜻으로 쓰일 때가 많다. 그리고 저속한 언어라고 생각할 수도 있다. 먹지 말아야 할 것을 덥석 물어놓고 삼킬 수도 뱉을 수도 없는 상태, 우리는 살면서 그런 일을 몇 번은 경험한다. 난 치사하게 밑밥으로 고기를 유혹하냐고 남편을 비난했다. 밥인 줄 알고 미끼를 덥석 물고 쩔쩔맬 고기를 생각하면 오래전 겪었던 일이 떠올라 목울대가 아프다. 살다보면 달콤한 미끼가 사방에서 유혹한다.

삼십 대 중반에 월급쟁이가 무슨 돈이 있어 상가 건물을 지을 것인가. 건축업자가 땅만 있으면 건물을 올려 세를 놓으면 된다는 말을 덥석 물었다. 그 미끼 때문에 20여 년 먹지도 뱉지도 못하고 곤혹만 치렀다. "새는 먹이를 탐해서 죽고 물고기는 미끼를 탐하다가 죽는다."는 속담이 있다. 이것을 물을까 말까 앞뒤 잘 재고 이것이 내 것이 될 것인가 아닌가. 눈앞에 보이는 이득만 보거나 맛을 보기도 전에 침을 흘리는 유혹, 이것을 떨쳐버린다는 것은 결코 쉬운 일이 아니다. 현명한 사람과 어리석은 사람의 차이를 알 수 있다. 세상에 존재하는 꽃 종류만큼이나 많은 미끼가 사람들의 마음을 훔치려고 호시탐탐 노리고 있다.

미끼는 달콤한 유혹이다. 왠지 꼭 잡아야 할, 기회를 놓치면 나만 바보가 될 것 같은, 심한 갈등을 하게 한다. 흔들리기 쉬운 것이 세상 살아가는 일이다. 돈 몇 푼에 흔들려 인생을 망치기도 하고 여자의, 남자의 유혹을 이기지 못해서 패가망신하는 일도 벌어지고 있다. 세상을 버티고 살아간다는 것은 어마어마하게 쎈 멘탈이 필요하다. 아무리 뿌리를 깊이 박아도 작정하고 흔드는 바람은 막을 길이 없다. 지금처럼 코로나19로 다들 예민해 있을 때 무슨 음식이 좋다더라 하는 건강한 미끼부터 소시민들에게 부자가 될 수 있는 일확천금의 미끼를 외면할 수 있겠는가.

국어사전에 미끼는 물고기를 잡으려고 낚시 끝에 꿰어 다는 물고기의 먹이라고 했다. 어떤 고기를 잡으려고 미끼를 준비하며 살아온 것인가. 아직도 낚싯대에 미끼를 달아놓지 못했다. 생각해 보니 뜨겁게 살아보지도 못했는데 어느덧 육십 고개를 훌쩍 넘어왔다. 오늘도 '어!'하다 보니 하루해가 넘어간다. 세끼 밥 먹고 마당에 풀 몇 포기 뽑고 문우가 보내준 수필집 몇 쪽 읽은 것이 오늘을 보낸 시간이다. 한창 꽃을 피우기 시작한 목백일홍 나무가 장맛비를 이기지 못하고 엎드려 있다. 엎드려 있는 백일홍 나무를 보면서 지금까지 나를 지탱하는 것은 무엇인가 또 생각하게 한다.

남편한테 낚시는 왜 다니느냐고 물었다. 고기가 물었을 때 낚싯대를 통해 손으로 전해지는 짜릿한 전율 때문이란다. 낚시는 이 짜릿한 손맛을 보기 위해 끝없이 기다리는 일이란다. 세상을 살다 보면 그럴듯한 거짓말로 유혹하는 미끼가 호시탐탐 노리고 있다. 먹인지 미끼인 분별을 잘해야 한다. 분명 아직 내가 물지 못한 아름다운 먹이가 있을 것이다. 이 나이쯤 되면 어떤 목표를 향하기보다는 가진 건 없지만 누군가에게 선한 먹이가 되어주는 것은 어떠한가 생각해 볼 때지 싶다.

어떤 마을

눈부시게 아름답던 봄날, 눈부신 봄볕에 내 삶도 따뜻해지는 듯했다. 지난 4월, 재벌들의 생가가 있어 유명한 진주 지수마을로 문우들 넷이 의기투합해 오랫동안 벼르던 여행을 떠났다. 청주에서 진주로 내려갈수록 애기 연두색으로 산야가 조금씩 푸르러지는 것이 보였다. 감탄사를 연발해도 부족한 아름다운 자연의 변화를 보면서 고속도로를 달렸다. 서너 시간을 달려 진주 지수마을에 도착했다.

지수마을에는 문우의 친구 스님이 살고 계셨다. 토굴에서 나와 우리를 반기던 스님도 한 송이 봄꽃처럼 작고 소박하셨다. 스님이 기거하시는 작은 토굴에는 온갖 봄꽃들이 스님과 동거하고 있었다. 우리는 봄나물로 차려진 점심 공양을 하고 부자들의 생가를 둘러보았다.

지수마을은 우리나라 3대 기업 회장님들의 생가가 있는 마을로 유명하다. 웅장하고 육중해 보이는 가옥의 외형만으로도 알 수 있었다. 부화를 기다리는 새 둥지 형상의 낮은 산이 마을의 집들을 에워싸고 있었다. 동남쪽으로 길게 뻗은 방어산이 먹이를 물고 마을로 날아드는 봉황과 같아 지형상 발복이 되는 곳이라 한다. 풍수 덕분인지 이 동네에서 만석, 천석꾼이 날 정도로 큰 부자가 많았다. 세계적인 기업 삼성, LG, 효성 이름만 들어도 알 수 있는 대기업의 창업자들이 지수초등학교 동문이란다. 대한민국의 경제계 거물 30여 명이 한마을에서 나고 자랐다고 한다. 믿기 어렵지만 사실이었다.

세상에 부자되기를 마다할 사람이 있겠는가. 큰 부자는 하늘이 내린다는 말이 있다. 정말 터가 좋아서일까. 터보다는 그만한 인물이 되기 때문에 하늘이 부자를 만들었다고 생각한다. 먹고 남아 쌓아놓고 싶은 것이 인간의 욕심이다. 그러나 그 욕심대로 만족하고 사는 사람이 이 지구상에 또 몇 명이나 될까. 우리는 늘 부족하다고 생각하며 사는 것은 아닌지 모르겠다. 요즈음 그저 부자가 되겠다는 욕심으로 이 마을로 들어온 사람들이 있다고 스님이 살짝 귀띔해 주셨다. 지수마을에는 대기업의 부자도 나왔지만 아직도 농사지으며 소박한 살림을 꾸리며 살아가는 사람들도 있다는 말씀도 하셨다. 부자의 기준은 무엇인가.

내가 사는 동네는 여섯 가구가 대문 없이 사는 마을이다. 이웃끼리 서로 돕고 나누며 산다. 동네에 일이 생기면 다 같이 연장을 들고나온다. 한 집에 한두 그루의 과일나무가 있다. 그 과일이 맛있게 익으면 집집마다 몇 개씩이라도 나눠 먹는다. 먹고 남아서 나누는 것은 아니다. 맛이 좋으니 이웃과 나누고 싶은 거다. 서로 의지할 수 있는 이웃이 있어 든든하다. 살다 보면 알게 되는 것이 있다. 물질 부자는 욕심부린다고, 노력한다고 다 되는 것은 아니라는 것을. 또 알고 싶지 않아도 알게 되는 것도 있다.

어떤 마을엔 부자의 기가 흐르고 우리 동네는 인정이 흐른다. 세상은 다 똑같을 수가 없다. 그래서 조화롭고 아름다운가 보다. 나는 문우들과 지수마을에서 봄날의 추억과 스님의 토굴에서 몇 포기의 꽃을 가져왔다. 물질 부자는 될 수 없지만 마음 부자는 내가 만들면 되는 것이다. 지수마을에 다녀온 우리는 함께했던, 돈으로 살 수 없는 추억을 곡간에 쌓아놓고 계절이 바뀔 때마다 그 싱그러웠던 어느 봄날을 하나씩 빼보며 즐거운 시간을 가질 것이다. 지수마을에서 가져온 하얀 목단꽃이 피었다. 봄이 막 시작될 때 다녀왔는데 어느새 목단꽃이 피고 대지는 싱그럽고 논에는 모내기를 했다. 하얀 목단꽃 속에 맑고 단아했던 지수마을 작은 토굴에서 사시는 스님의 모습이 보인다.

이것 때문이지

　조용히 비가 내린다. 나는 커피를 내렸다. 오늘 같은 날은 마당에서도 할 일이 없다. 게다가 남편도 일찍 외출을 했다. 평온하게 비가 내리고 라디오에선 김미숙 씨가 자분자분, 세상을 너무 앞서간 불운한 여성 나혜석의 사랑과 삶의 이야기를 들려주고 있다. 해금 연주가 흘러나오고. 그녀의 뜨거웠던 계절도 내리는 빗물에 식어간다. 우산을 쓰고 마당을 걸으며 이 순간만큼은 세상에 대한 그 무엇도 부럽지 않다. 그래 이런 순간을 위해 이 숲에서 여름내 호미를 쥐고 살았지, 땀을 흘렸지. 땀 흘린 보상을 받는 것 같다. 그 뜨거운 태양

아래서도 지악스럽게 나오던 풀들도 이제는 주춤거린다.

우리는 살아가다가 어느 날 무릎을 치면서 "그래 바로 이거였어. 이것 때문에 참고 견디며 살았지, 고생이 고생인 줄 몰랐던 거야." 할 때가 있다. 단순하지만 산에 올라가도 그런 기분을 느낄 수 있다. 위로 내디딜수록 숨이 차고, 근육은 경직되고, 심장은 터질 듯이 쿵쾅거리고, 숨 고르기를 반복하며 정상을 향한다. 완전히 기진맥진할 때쯤, 마지막 한 걸음을 내디디면 정점에 오를 수 있다. 정상에 올라 잠시 먼 하늘을 보며 이거였어. 이 기분을 만끽하려고 산에 오르는 것이지. 소리도 질러보고 두 팔도 벌려 그 순간을 즐기는 것이다.

정상에 올라서면 누구나 그 뜨겁고 벅찬 기쁨을 맛보게 된다. 어찌 산에 오르는 일로 삶을 말할 수 있으랴. 살아가다 보면 순간순간 힘들어서 주저앉고 싶을 때가 한두 번이 아니다. 그때마다 죽을힘을 다해 견뎌낸다. 어쩌면 삶은 견딤의 연속인지도 모르겠다. 일을 해냈을 때의 뿌듯한 성취감은 인간만이 느끼는 감정일 것이다. 이만큼 살아보니 대충대충 넘어가는 일이 별로 없다. 꼭 그만한 값을 치러야 얻고자 하는 것을 얻을 수 있다. 그것이 인생살이인 것 같다. 결과가 좋으면 더 기쁘고, 조금 부족하면 아쉬워도 최선을 다하고 나면 자신이 성숙해졌음을 느낀다. 타인의 눈엔 보잘것없어 보이는 일일지라도 자신에게 의미를 부여하며 좀 더 괜찮은 나를 만나기 위해 노력하는 것이다.

큰 꿈을 이루기 위해 살아가는 사람도 있지만 대부분의 사람은 작은 꿈 하나 이루었을 때 보람을 느낀다. 나는 10년 전부터 한 달에 한 번이지만 지면에 글을 쓴다. 신문에 글이 나오는 날은 몇몇 지인들로부터 글 잘 봤다는 문자를 받는다. 한 번도 거르지 않고 보시는 분들도 있다. 부끄럽고 더없이 고맙다. 그분들에게 보답하는 길은 좀 더 좋은 글을 쓰는 것이다.

가끔은 이 산속에서 사는 것이 버거울 때가 있다. 마당 일은 해도 해도 끝이 없고 며칠 밖에 일을 보거나 게으름을 피우면 귀곡 산장이 따로 없다. 게으름피운 시간의 대가를 치러야만 다시 평온한 마당을 볼 수 있다. 그럴 때마다 아파트의 유혹을 받는다. 그래도 한여름 밤 산에서 내려오는 한 줄기 바람으로, 올해 처음으로 꽃을 피워 낸 붉은 모란꽃을 보며 마음을 내려놓는다.

　꽃 한 송이 피우는 일도 사계절을 매달려야 한다. 거름 주고 물을 주고 주변에 풀을 뽑아 주어야 한다. 아니 자연과 함께 키워야 한다. 햇볕과 바람이 없으면 꽃 한 송이 볼 수가 없다. 꽃 한 송이는 우주다. 환하게 웃고 있는 꽃을 보며 "그래, 너를 보려고 내가 힘든 줄 몰랐구나." 하면서 말을 건넨다. 내 힘으로 마당을 가꾼다는 자부심으로 일을 하고 있다. 그 꽃밭에서 사랑스런 꽃이 피면 그것을 바라보는 기쁨으로 힘들었던 시간을 잊는다. 가을장마가 지속되고 있다. 당분간은 빗속에서 오늘처럼 놀아 볼 참이다.

맹물 맛을 아는 나이

지상의 모든 것들이 활기 넘치는 봄이다. 앞산에 나무들도 초록 팔을 힘껏 뻗고 있다. 싱그럽고 아름답다. 그런데 우리 마당에 머리는 하얗고 허리 구부정한 어르신이 걸어 다닌다. 저 어르신이 40년 전 그 남자가 맞나 싶다. 소위 계급장이 붙은 군복이 잘 어울리는 이십 대 중반의 청년이었다. 키는 180, 군살 없이 그런대로 괜찮은 남자였다. 적어도 내 눈에는. 그 남자와 얼마간은 속태울 일 없이 즐겁고 행복했다. 4월처럼 세상이 온통 초록으로 아름다웠었다. 인생이 이렇게 아름다운 것인가 했다. 사람은 자기가 처해있는 환경이 전부인 줄 알고 살 때가 가장 행복한 시간인 것 같다. 결혼은 꿈도 환상도 달달한 맛이 아니라는 것을 아는데 그리 긴 시간이 걸리지 않았다. 나를 중심으로 돌아가던 시간이 나는 없고 나와 상관없이 돌아가기 시작했다. 꿈과 현실의 온도 차는 극에서 극이었다.

박완서 선생님은 "나이가 드니 마음 놓고 고무줄 바지를 입을 수 있는 것처럼 나 편한 대로 헐렁하게 살 수 있어서 좋고, 하고 싶지 않은 것을 안 할 수 있어 좋다. 다시 젊어지고 싶지 않다. 하고 싶지 않은 것을 안 할 수 있는 자유가 얼마나 좋은데 젊음과 바꾸겠는가."라고 하셨다. 다시 젊어지고 싶지 않다는 말씀에 나도 한 표를 찍었다. 내가 가장 청춘답게 살아갈 나이에 나는 상가 건물을 지었고 외환위기를 만났다. 건축업자의 달콤한 유혹에 넘어가 내 가정이 다 넘어갈 뻔했다. 시어른 모시고 아이들은 커 가는데 은행이자 때문에 하루도 숨을 편히 쉴 수가 없었다. 남몰래 눈물도 많이 흘렸다. 이제 겨우 몸과 마음이 편안해졌다. 아무리 젊음이 좋다 해도 나는 다시 돌아가고 싶지 않다. 돌이켜 보는 것조차도 거절하고 싶다.

가장 아름다운 인생은 물처럼 사는 것이라고 한다. 물처럼 흘러가라는 뜻도 있겠지만 나는 아무 맛이 나지 않는 맹물에 중심을 두고 싶다. 이 말을 빌리자면 이제는 새콤달콤한 음료수보다 톡 쏘는 맛을 내는 사이다, 콜라보다 맑은 맛이 나는 생수가 좋다는 뜻이겠다. 아무 맛이 나지 않지만 가장 맛있는 생수야말로 생명수다. 노자의 도덕경에 나오는 부쟁不爭의 삶, 물 흐르듯 하는 순리, 구태여 싸울 이유조차 없음을 뜻하는 이 말을 이제야 알 것 같다.

이제는 어떤 유혹이 손짓해도 뿌리칠 수 있고, 경쟁하지 않아도 나름대로 살아갈 수 있는 의지와 자존감이 있다. 엄청 탐 나는 것도 부러운 것도 없다. 꽉 끼는 청바지는 벗어 던지고 헐렁한 고무줄 바지를 입어도 어디든 갈 수 있고 누구든 만날 수 있다. 무겁게 입고 있던 책임감을 하나하나 벗어 버리고 가벼워지는 자유를 즐긴다. 고무줄 바지를 입고 마당에 나와 나무와 꽃들에게 조용히 이야기하는 노인으로 늙어가는 삶이 이렇게 좋을 수가 없다.

누군가가 나에게 다시 젊은 시절로 가라면 나는 일언지하一言之下에 거절할 것이다. 다시 젊어지고 싶지 않다. 가끔은 언제 이렇게 나이를 먹었나 싶지만, 한때 싱그러웠던 봄은 지나갔다. 맹물은 다른 어떤 맛을 감미하지 않고 나만으로도 충분하다. 마당에 서성이는 저 남자, 남자와 함께 있는 나도 한때는 이 봄의 나무처럼 싱그러웠다. 이제는 달콤함도 톡 쏘는 맛도 나지 않지만 지금, 시원한 생수로 서로의 목마름을 달래 준다. 깨끗하고 맑은 맹물 맛을 아는 데 참으로 오랜 시간이 걸렸다.

아, 늙으니 이렇게 편한 것을. 고무줄 바지를 입은 것처럼 헐렁하게 살아도, 꼿꼿하게 자존심을 세우지 않고 대충 넘어가 줄 수 있는 마음의 여유, 내 마음대로 쓸 수 있는 시간, 너무나 좋다. 지금 내 인생은 맹물 맛을 아는 아름다운 시간이 지나가고 있다.

훔칠 걸 훔쳐야지

　청주는 오전 9시가 조금 넘었지만, 우즈베키스탄은 지금 새벽 5시다. 주말이라 아직 자고 있을 아들한테서 카톡을 받았다. 웬일인가. "엄마 바쁘세요?" 나는 심호흡을 하고 "내가 바쁠 일이 뭐가 있어. 아무리 바빠도 아들 연락은 반갑지." 했다. 부탁할 게 있단다.

　자고 있어야 할 이 시간에 부탁할 게 있다 말에 가슴이 내려앉는다. 다시 심호흡을 깊게 하고 "아들 부탁이라면 열 일 제쳐 놓고 해줘야지." 했다. 문자는 구글 기프트카드를 구매해야 한단다. 기프트카드가 뭔지도 모르지만 '그러 마'하고 냉큼 대답했다. 20만 원짜리 3징만 편의점에서 현금으로 구입해 달란다.

카드를 구입해서 종이 포장을 뜯고 카드 뒤에 라벨을 긁으면 영어 대문자로 된 숫자가 나온단다. 그걸 사진 찍어 보내주면 된다는 거다. 문자메시지를 한참 주고받았다. 별로 어려울 것도 없고 엄청나게 큰돈도 아니고 해서 서둘렀다. 나갈 준비를 하면서 속으로 제 식구한테 부탁하지 왜 나한테 연락하지, 혹 제 식구한테 말하기 곤란한 일이라 에미한테 부탁하겠지 싶어 묻지 않았다.

이 시간에 잠도 못 자고 이 에미한테 연락했을 때는 분명 이유가 있을 거라 생각했다. 엄마한테 조그만 일도 부탁을 하는 아이가 아닌데, 무슨 일인가 궁금했다. 그래도 궁금증은 뒤로 숨기고 서둘렀다. 그런데 재촉이 너무 심하다. "이 녀석아, 그렇게 급하면 어제 해 달라고 하지 그랬어." 하면서 농담도 했다. 한편으로 부탁하는 것이 고맙기도 했다.

자식이라는 게 그런가 보다. 성인이 되면서 본인에게 일어난 모든 일을 해결해 나가는 것이 대견하고 고맙다가도 때론 내가 해줄 게 없을 때 섭섭한 마음이 들 때가 있다. 결혼하고 삼십 년이 넘게 친정어머니 김치를 먹었다. 나도 이순을 넘겼고 노모에게 김장을 갖다먹는 것도 민망스러웠다. 옆에서 심부름하면서 본 것은 있으니 할 수 있을 것 같았다.

이제는 맛없어도 내가 해보자 마음먹고 김장을 담갔다. 그런데 노모가 김장 언제 할 거냐고 전화를 하셨다. 담갔다고 했더니 어떻게 했냐면서 전화기 너머로 들려오는 목소리에 서운함이 묻어있는 듯했다. 해마다 김장해주는 것이 아직은 자식들에게 당신 존재감을 확인하는 일이었는지도 모르겠다. 내가 담글 수 있어도 못한다고 엄살을 부려야 했던 것이다.

한참 카톡을 주고받았다. 대화도 아들 말투였다. 통화를 해보고 싶어 전화를 걸었더니 연결이 잘 안 된다. 전화기는 액정이 나가서 AS 맡겼다는 것이다. 전화기가 없는데 어떻게 톡을 하지, 의심이 들기 시작했다. 분명히 아들 사진이 있는 전화였다. 나는 톡을 계속하면서 남편한테 통화를 해보라고 했다. 아들이 잠에 취해 전화를 받았다. 시간차도 있고 휴일이니 아직 잘 시간이다.

어미와 자식은 아무리 멀리 있어도 보이지 않는 탯줄로 연결돼 있어 자식에게 좋은 일이나 나쁜 일이 생기면 몸으로 마음으로 느낌이 온다. 부모는 자식에게 어려움이 생기면 앞뒤 분간을 못 한다. 판단력도 흐려진다. 금방 자식이 어떻게 될까 봐 좌불안석이 된다. 그런 심리를 이용하는 나쁜 사람들이 많아진다는 것이 큰 사회 문제다. 전화사기 사건 한두 번 안 당한 사람 없을 것이다. 훔칠 걸 훔쳐야지 그 약한 어미 마음을 훔치려고 사기를 치다니. 자식이 눈물을 흘리면 부모 눈에서는 피가 흐른다. 자식들 목소리만 어두워도 벌벌 떨리고 간이 내려앉는다. 더구나 아들은 나라 밖에 있으니 난 더 예민하다.

아들은 무슨 일이 있으면 제 식구한테 부탁하지, 시골에 있는 엄마한테 부탁하겠느냐며 잘 있으니 걱정하지 말란 말만 반복한다. 생각할수록 헛웃음만 나온다. 감쪽같이 속을 뻔했다. 세상이 어떻게 되려고 이런 사기 수법만 날로 높아지는지. 기프트카드는 인터넷 쇼핑몰 따위에서 현금처럼 사용할 수 있는 카드란다. 용돈이 궁한 어린 사람들이 죄의식 없이 저지르는 장난 같다.

코로나19로 불신의 사회가 되는 것 같아 마음이 불편한데, 이런 일까지 겪고 보니 전화 받는 것도 두렵다. 열심히 일해서 살아갈 생각보다는 남의 주머니 털어 쉽게 먹고살려는 사람들 때문에 선량한 마음에 경계심만 는다. 사기꾼 아들을 둘 뻔했다. 이런 걸 두고 어이가 없다고 하는 건가.

열정

하루 중에 가장 많이 하는 말이 '덥다'일 것이다. '덥다. 덥다'는 말을 수백 번씩 하면서 하루하루 더디게 여름이 가고 있다.

나무 심기와 꽃 한 포기라도 더 심을 생각으로 분주한 나에게 새마을금고 전무로 있는 후배가 왔다. "언니, 좋은 일 한번 해보실래요?" 한다. "좋은 일, 내가 할 수 있는 게 있을까?" 노인들에게 한글 수업을 해달라는 것이다. 수고비도 못주는 봉사라며 해보자는 후배의 이쁜 마음에 그만 끌려갔다. 처음엔 가벼운 마음으로 시작했다. 그런데 어르신들의 마음이 어찌나 뜨거운지 데일 지경이다.

게다가 올여름 폭염은 또 얼마나 맹렬한가. 그 폭염에도 결석생이 거의 없다. 팔월 들어 한 주라도 방학할까 하고 여쭈어봤더니 이십여 분 중에 한 분도 방학하자시는 분이 없다. 이 뜨거운 여름 햇볕보다 글을 몰라 타는 목마름이 더 심한 갈증이었나 보다. 그 마음 알 것 같다. 나도 몇 해 전 딸아이와 해외 나갔을 때 물 하나 사 먹는 것도 차를 타고 이동하는 것도 딸아이를 통해야 할 수 있었다. 영어를 못하니 답답하기 짝이 없었다. 자존심도 상하고 창피하기도 하고 딸아이 몰래 울었었다. 어른들은 답답한 세월을 살았다. 나이 80에 죽을 때가 다되어 겨우 눈을 떴다며 한숨을 내쉬었다. 이 어르신들에게 'ㄱ, ㄴ, ㅏ, ㅑ, ㅓ, ㅕ' 자음과 모음 24자가 이렇게 귀한 것이었다.

한글을 알고 있는 것에 대하여 단 한 번도 자랑스럽다거나 대단한 것을 알고 있다고 생각해 본 적이 없다. 그런데 이 한글을 배우려고 이 더위에 노구를 이끌고 한 시간이 넘는 거리를 지팡이를 의지해 버스를 타거나 걸어서 나오시는 분들이 있다. "아무것도 모르는 사람들한테 눈을 틔워주셔서 감사합니다. 고맙습니다."를 입에 달고 다니신다. 지금까지 눈을 뜨고도 보지 못한다는 것을 누가 알겠느냐며 그저 고맙단다. 매주 한 편의 시를 읽어드리고 쓰게 했더니 어려워하면서도 우리가 어디서 이런 글을 들어 보겠느냐며 좋아하신다. 이 더위만큼 뜨거운 열정으로 뭉친 어르신들이다.

그동안 남편과 자식들한테 알게 모르게 무시당하면서 살아온 세월을 어찌 다 표현할까? 자기 이름을 쓴다는 것이 이렇게 좋고 신기할 수가 없단다. 몸 불편한 것은 지팡이나 빈 유모차를 의지해도 참을 수 있는데 글을 모르고 살아가는 것은 견딜 수가 없단다. 그러니 허리는 90도로 꺾이고 지팡이나 빈 유모차를 의지하여야 걸을 수 있는 노구를 이끌고 하루도 결석하지 못하고 찾아오시는 그 마음을 누가 알랴. 어른들에게는 지팡이도 유모차도 글을 배우는 일에 걸림돌이 되지 않는다. 그 모진 세월 다 이겨내시고 이제야 배우지 못한 한을 푸는 것이다.

어르신들께 귀엽다는 표현은 모순일지 몰라도 나는 어른들이 엄청 귀엽다. 받아쓰기를 하면 점 하나가 없어 틀렸다고 하면 얼른 점을 찍고 받침이 빠졌다고 하면 얼른 받침을 써넣고 동그라미를 하란다. 그리고 지난 5월에 봄 소풍을 갔다. 점심은 마을금고에서 준비해 주셨지만, 간식은 우리가 하자고 했더니 간식이 차고 넘치도록 싸 오셨다.

초콜릿을 하나 내 주머니에 찔러주시는 분, 떡을 살짝 가방에 넣어주시는 분, 한 어르신은 나를 주려고 수박을 사 오셨는데, 다 같이 나눠 먹었더니 화가 나셨다. 그 마음이 하도 고마워 다음에 또 사 오시면 혼자 다 먹겠다고 하면서 마음을 달래드렸다.

사람이 살면서 느끼는 즐거움 중에 첫 번째가 배우는 즐거움 두 번째는 먹는 즐거움 셋째는 사랑하는 즐거움이라는 말이 있다. 그중 으뜸이 배우는 즐거움이란 걸 절실하게 느낀다. 내가 어르신들에게 할 수 있는 게 고작 새로운 글자 몇 자와 시 한 편 읽어드리는 일이다. 그 시대에 한글이라도 깨우쳤더라면 정말 큰일을 하셨을 어른들이다.

우리는 내가 가지고 있는 것에 대한 고마움을 모르고 있는 것 같다. 내가 갖지 못한 것 내 것보다 더 큰 것 많은 것을 바라기 때문에 만족을 모르고 사는 것이다. 내가 가지고 있는 것이 자신에게는 하찮은 것일 수 있으나 갖지 못한 사람이 볼 때는 그것이 부러움 일 수 있다. 나도 이 숲에 들어와 자꾸만 욕심을 부리는 것이 있다. 꽃과 나무들이다. 너무나 빼곡히 심어놓으면 나중에 캐 버려야 한다는 주변의 충고가 아직은 들리지 않는다.

내일도 35도가 넘는 불볕이라는 기상청 예보다. 불볕보다 더 뜨거운 열정을 가지신 어르신들을 만나는 금요일이다. 걸음도 한글 쓰기도 미숙한 귀여운 어른들께 내일은 어떤 시를 읽어드릴까.

가볍게 떠나 볼까

−운리단길

여행은 별을 하나씩 줍는 일이다.

계절은 다른 계절로 건너갈 때마다 바람이 분다. 바람이 불 때마다 마음도 변덕을 부린다. 이런 날은 청바지에 가방 하나 둘러메고 어디론가 떠나고 싶어진다. 걸을 수 있는 길이 있고, 꽃과 나무들이 있고, 역사가 있고, 예술이 있다면 최고의 여행지일 것이다. 거기에 맛집까지 있다면 금상첨화, 이곳이 청주시 도심 속의 운리단길이다. 서울 이태원에 경리단길이 있다면 청주 운천동에 운리단길이다.

아직은 이태원의 경리단길보다 미숙하지만, 그 이름에 걸맞게 작은 맛집과 카페가 모여 있다. 운리단길은 은행나무가로수가 가을이면 장관을 이룬다.

　금강산도 식후경이라 하지 않던가. 운리단길에서 일단 배부터 채워 보기로 했다. 은행나무 길을 걷다 보면 모녀가 하는 식당이 있고, 정을 담은 국숫집이 있고 40년 전통의 구수한 된장과 청국장으로 유명한 as식당이 있다. 불고기백반, 청국장, 매콤한 돼지불고기도 유혹이다. 학생들이 좋아하는 피자, 돈가스, 카레, 치킨 어느 것을 먹어도 후회가 없다.

　신작로를 따라 작고 예쁜 상점들이 있다. 작은 가게들을 기웃거리는 것도 재밌다. 이 길을 걷다가 이 길에 끌리는 매력 때문에 이곳으로 이사를 온 신혼부부가 하는 am박스 커피 맛은 달달하고 상큼하다. 40대 중반의 여인이 하는 coffee z에서는 커피와 곁들인 미니 붕어빵을 맛볼 수 있다. 카페 PING에서 달달한 마카롱을 즐겨 보는 것도 이 길을 걷는 재미다.

　금속활자 전수교육관, 근현대인쇄 전시관, 흥덕사지 등 다양한 문화공간과 체험시설이 있다. 얼마 전 청주시 1인 1책 펴내기 사업에서 출판한 시민들의 책도 근현대전시관에 전시되어 있다. 청주시만의 특색 있는 옛 문화와 현대예술을 느낄 수 있다. 길들여지지 않은 새것과 낡은 것의 조화를 즐길 수 있는 곳이 운리단길이지 싶다. 머지않아 청주의 또 다른 이름이 될 것이다.

운리단길을 걷고 좀 부족하다 싶으면 고인쇄박물관 뒤쪽으로 살짝 발길을 돌리면 양병산에 오를 수 있다. 청주 예술의 전당에서 직지교를 건너 인공폭포에서도 오를 수 있다. 오솔길을 따라 10여 분 오르면 정상이다. 여기서 불어주는 명주바람에 행복하다.

양병산 정상에 서면 청주시가 한눈에 들어온다. 무심천이 보이고 그 너머로 우암산, 우암산을 보고 몸을 돌리면 백제유물관이 있는 명심산이 보인다. 산은 작지만 소나무와 바위가 잘 어우러져 있고 길이 완만하고 흙길이라 편안하다. 양병산의 옛 지명은 장구봉이다. 문화유씨 종산이었다. 산을 내려가면 유씨 집성촌이 있었다.

양병산은 청주 고인쇄박물관을 배경으로 과하지 않아 잘 어울린다. 상수리나무와 소나무가 그늘을 만들어 오가는 이에게 햇볕을 막아주고 숲의 풍경을 만든다. 사람들이 다닌 발자국으로 길이 나 있다. 흙길이라 내딛는 발걸음도 편안하다.

　양병산 오솔길을 걸으며 오래전 흥덕사를 오고 가던 여인들의 발걸음을 생각했다. 쌀 몇 되 머리에 이고 지아비의 건강과, 자식들의 출세를 간절한 마음으로 이 길을 걸어 흥덕사로 향했을 것이다. 부처님께 다리가 뻐근하도록 절을 올리고 돌아오는 길에 또 바위에 합장하였을 것이다. 양병산을 걸었던 여인들의 간절한 마음을 느껴본다. 가볍게 떠날 수 있는 지근거리에 이렇게 좋은 곳이 있다는 것은 축복받은 것이다. 즐겁게 사는 것도 습관이라고 했다. 이 한철 길 위에서 살아도 좋으리. 여행은 서서 하는 독서라고 한다. 나에게는 별을 줍는 일이다. 여행은 혼자여도 좋고 둘이면 외롭지 않아 좋다. 가을엔 청주 운리단길을 걸으며 이 계절의 낭만을 온몸으로 느끼기에 부족하지 않겠다.

승부의 세계

　지상의 모든 것들이 활기가 넘친다. 마당에 나무들도 한껏 힘을 자랑하고 있다. 3년여 입을 가리고 다니던 마스크 없이도 거리를 활보할 수 있으니 어딜 가나 사람들로 붐빈다. 나도 덩달아 바쁘다. 격일로 파크골프를 치러 다닌다. 지금까지 운동은 걷기, 가끔 등산하기 뭐 이런 누구와 겨루는 경기가 아닌 사람들과 함께 어울리기 위한 시간이었다. 겨루기방식의 운동은 한 번도 해본 적도 없고 하고 싶다는 생각조차 없었다. 그런데 이순 넘어 파크골프를 시작했다. 처음엔 소고삐 끌려다니듯 끌려다녔다. 공도 제대로 못 치고 헛스윙을 많이 했다. 몇 달 만에 헛스윙하는 것은 면했다. 칭찬은 고래도 춤추게 한다고 했던가. 남편은 두둠바리인 줄 알았더니 운동도 잘한다면서 자꾸만 부추긴다.

나는 고래도 아닌데 춤을 추기 시작했다. 새로운 것을 배우는 일은 신선함도 있지만 두려움, 어색함, 불편함 이런 요소 들이 있다. 지금까지 내가 접하지 않았던 영역에 도전한다는 것은 두려움이 있지만 그럼에도 배운다는 것은 살아가는 데 엄청난 활력이 생긴다. 인생이 재미있어진다. 운동엔 소질도 흥미도 없다고 생각했는데 내 안에서 승부욕이 꿈틀거렸다. 남편하고 점심 내기 시합을 하면 번번이 패하면서도 이것도 시합이라고 한 번 이겨 보고 싶은 욕심이 생긴다.

누구와 경쟁을 한다는 것은 상대방을 이겨야 내가 기쁨을 누릴 수 있는 것이다. 이기는 걸 못하므로, 그러면서도 패하면 그것 또한 좋은 기분이 아니므로 나는 승부 게임을 은근히 피하는 편이다. 단체게임도 지고 나면 속상한데 개인전에서 패하고 나면 쓰디쓴 느낌, 뒷 감정은 오롯이 내 몫이다. 그 어색한 감정이 싫어 승부 게임을 피해왔는지도 모르겠다. 상대를 꺾어야 내가 이기는 그 시간의 불편함. 당당히 이겨도 패한 상대방의 마음을 생각하면 마음이 불편하다. 그렇다고 상대방을 생각해서 패할 수도 없으니 이래저래 승부 겨루기는 편치가 않다. 그런데 사람 사는 세상이 어디 그러한가. 늘 비교하고 경쟁하며 살아간다. 승부의 세계는 냉정하다. 승부 게임은 피하는 것 그것이 나만의 방식이었다.

대표선수는 특별한 사람들이 하는 것인 줄 알았다. 생활체육대회 청주시 대표를 선발한다는데 나는 감히 엄두도 내지 않았다. 매일 함께 운동하는 일행들이 다 같이 예선전에 나가보잖다. 나는 심하게 손사래를 쳤지만, 대중에 밀려 또 일을 냈다. 그런데 내가 선발이 되었다. 청주시 대표라니 말도 안 되는 일이 벌어졌다. 망둥이가 뛰니까 꼴뚜기도 뛴다고 내가 뛰고 있다. 승, 패 상관없이 하루 즐기다 오자고 하지만 사람 마음이 어디 그런가.

운동을 하다 보면 어떤 날은 미친 듯이 잘 되다가도 어떤 날은 포기해야 되나 할 만큼 안 되는 날이 있다. 살다 보면 좋은 날도 있고 속상한 일이 생겨 우울한 날도 있듯이 말이다. 매일 잘되는 날만 있었다면 나는 지금 프로팀으로 선발되어야 할 것이다.

숨어있는 능력을 사용하지 못하고 사는 것은 성격 탓일 수 있다. 나 자신을 돌아보면 사람은 누구나 뜨거운 승부욕이 있는 것 같다. 승부욕이 없다면 해탈한 사람일 것이다. 승부욕이 성장의 동력이 된다고 볼 수 있다. 일행들과 게임을 하면서 내 실력도 성장했다. 승패를 좇기보다는 순간순간을 즐기는 사람이 진정한 승자라고 할 수 있겠으나 게임을 시작하면 내면에 숨어있던 승부욕이 올라온다. 파크골프에 도전하지 않았다면 이 짜릿한 승부의 세계를 알지 못했을 거다.

운동시간에는 잡념 없이 오로지 그 순간을 즐기므로 정신이 맑아진다. 홀컵으로 공이 들어가면 짜릿한 쾌감이 있다. 내가 운동에 이렇게 진심이었나 싶다. 시도하지 않았다면 몰랐을 승부의 세계, 이 여름처럼 뜨겁다. 내가 알고 있는 세상 그 너머 저쪽엔 또 무엇이 있을까 궁금하다. 프로선수거나 건강을 위해서 즐기는 운동이거나 승부의 세계는 냉정하고 치열하다.

끼니

아들은 밥벌이를 위해 바다 건너가 있다. 몇 달 만에 휴가를 왔지만, 외국에서 들어왔으니 보름간 격리를 해야 한다. 벌써 네 번째 격리다. 아들이 옆방에 있어도 함께 할 수 있는 것이 아무것도 없다. 멀리 있을 때보다 보고 싶은 마음의 갈증이 더하다. 우리는 지금 어쩌다 이렇게 해괴망측한 세상에 사는 걸까. 그래도 끼니는 어김없이 돌아왔다. 길, 고양이에게 밥을 주듯 하루 세 끼 일회용 그릇에 음식을 담아 아들이 있는 방문 앞에 놓아 준다.

빨리 봄이 왔으면 좋겠다. 마당에 풀이라도 뽑고 나무에

잎이 나고 꽃이 피는 것을 바라보면 덜 불행할 것 같다. 흙에서 무언가 꼬물꼬물 올라오는 것을 볼 수 있는 봄이 기다려진다. 요즈음은 출입이 불편하다 보니 하루 하는 일이 세끼 찾아 먹는 일과 TV 보는 일로 시간을 많이 쓰는 것 같다.

그동안 보고 싶었던 영화 몇 편을 보았다. 그중에 한 편이 『킹덤』이다. 『킹덤』은 우리에게 많은 것을 시사한다. 진정한 리더는 사람을 생각하는 따뜻함을 지녀야 하지만 자신은 한없이 외롭고 쓸쓸하고 고독하다. 리더의 자리는 늘 불안하다. 권력은 자리에 있을 때는 힘이 있지만 자리에서 내려오면 초라해진다. 하여 한 번 권력을 누려본 사람은 그 유혹에 현혹되면 인간으로서 하지 말아야 할 것을 서슴없이 행한다. 킹덤의 내용도 굶주린 백성들이 인육을 삶아 먹고 괴물이 되는 병에 걸린다. 괴물이 되면 사람의 피를 먹으려고 사람을 잡아먹는다. 괴물에게 물린 사람은 또 괴물이 되는 소름 끼치게 무서운 장면이 수없이 등장한다. 그 괴물을 이용해 권력을 잡으려는 정치 세력들도 결국 괴물에게 물려 그들도 괴물이 된다. 영화를 보면서 권력과 배고픔은 참을 수 없는 유혹인가 싶기도 하다.

어렸을 때 뭔가 내가 하고 싶은 일을 못 하게 될 때 부모님 속 썩여 주는 일은 밥을 굶는 일이었다. 하루만 굶고 있어도 부모님은 두 손을 들었다. 내가 부모가 되고 보니 자식들이 아프거나, 바쁘거나, 화가 나거나 어떤 이유로든 밥을 먹지 못하면 애가 타서 아무 일도 할 수가 없다. 내 논에 물들어가는 소리와 자식 입에 밥 넘어가는 소리가 제일 좋다는 말이 있었을까.

종일 빈둥거려도 끼니는 돌아왔다. 바쁜 날도 세끼, 놀면서도 세 끼니는 먹어야 사는 것이다. 아들은 저 때문에 엄마가 고생한다고 걱정이다. "엄마는 자식이 아프고 배고프고 힘들 때 쓰는 거야. 그럴 때 쓰라고 있는 거야." 나는 젊은 것이 그 멀리에서 집이라고 왔는데 제 처도 못 보고 방안에 갇혀 지내는 것이 속이 아프다. 지어미가 밀어 넣어주는 세끼 밥을 군말 없이 떠끔떠끔 먹어주는 아들이 안쓰럽고 고맙다. 보름간의 격리를 불평 한마디 없이 잘 마쳤다.

끼니라는 말에는 가난함과 가여움과 쓸쓸함과 외로움이 묻어있다. 아들은 보름 동안 쓸쓸하고 외로운 밥을 먹었다. 끼니는 밥과는 다른 느낌이다. 예전에 어른들은 점심 한 끼는 고구마나 감자 옥수수로 그저 허기만 면하고 살았다는 이야기를 많이 들었다. 지금은 없어서 못 먹기보다는 먹기 싫어 안 먹을 때가 많다.

세끼 밥을 찾아 먹고 사는 일은 평범한 일상 같지만 우리는 그 끼니를 먹기 위해, 그리고 누군가의 끼니를 채워 주기 위해 일을 한다. 어떤 날은 자존심을 주머니에 처박고 비굴하게, 어떤 날은 허세를 부리며 끼니를 벌어온다. 끼니의 가치로 사람을 평가하기도 한다. 끼니는 가엽게 때우고, 밥은 평범하게 먹고, 진지는 어른이 잡수시는 거다.

끼니는 우리의 생을 이어가는 점선이다. 그 점선을 찍지 못하는 날이 생의 마지막이 되는 것이다. 나는 코로나19의 위협에도 오늘 내게 어김없이 돌아온 생의 한 점을 찍기 위해 밥을 안친다.

4

빗소리를 들으며

처마 끝에서 떨어지는 저 한 방울의 빗물이

이 땅의 생명들을 키워낸다.

들판의 곡식, 산에 나무들, 물고기, 작은 들꽃까지

다 키워내고 홀가분해진 마음으로 바다로 간다.

바다에서 또 다른 생명을 이어간다.

대웅전 지붕에서, 만세루 처마에서 떨어지는

각각의 빗물이 다 귀하게 쓰이듯

어디에서 무슨 일을 하며 살든

쓸모없는 사람도 없는 것이다.

－본문 중에서

서울물

추석에 집에도 오지 못한 딸아이가 뮤지컬 빌리 엘리어트 공연을 엄마랑 보고 싶단다. 마당에 풀도 주춤거리고 밑반찬 좀 챙겨 냉큼 서울로 갔다. 차 안에서 지인의 전화를 받았다. 서울은 왜 가냐고 묻는다. 대중교통이라 설명하기도 불편하고 툭 튀어나온 말이 "촌놈 티 좀 벗어 볼까 하고 서울 물 먹으러 가요." 했다.

경제 강국의 중심 서울, 중심은 당당하고 활기차다. 왠지 나에게는 어울리지 않는 곳. 높은 빌딩의 불빛, 수많은 차로 눈이 휘둥그레진다. 촌티 날까 봐 무심한 듯 고개를 곧추세우고 걸어보지만 긴장되는 건 숨길 수가 없다. 내가 사는 산속은 하루 종일 있어도 사람 구경하기 어려운데 서울은 서로 어깨를 부딪치며 걸어간다. 도시여행은 새로운 문화를 접할 수 있어 기대된다. 청주와는 묘한 다름이다. 나에게 서울은 외국만큼이나 신선한 도시다.

어렸을 때 동네 언니, 오빠들이 서울에서 학교에 다니거나 직장에 다니다가 명절이나 방학 때 내려오면 뽀얀 얼굴이 부러웠었다. 어른들은 누구 집 아들, 딸은 서울물 몇 년 먹더니 때깔이 달라졌어. 신수가 훤해졌어 하시던 말씀이 기억난다. 나도 자라면 서울 가서 살아야지 하는 야무진 꿈을 꾸었었다. 이십 대 초반에 서울로 올라가고 싶어 안달을 했었다. 도시마다 그 특유한 풍경과 운치가 있다. 청주에서 나고 자라서 너무나 익숙해서 편안하지만 한편 조금은 지루할 때도 있다. 그날이 그날, 다람쥐 쳇바퀴 돌 듯 반복된 일상이 느슨해질 때 어디론가 떠나고 싶다. 그런 날엔 딸아이 핑계로 서울로 간다.

탄광촌에 사는 12살 빌리가 발레리나 꿈을 키워나가는 모습은 눈물겹다. 마침 나도 보고 싶었던 공연이었다. 사람이 살아있다는 것만으로도 위안을 받고 감사한 순간이 있다. 꼭 보고 싶었던 공연을 보고 그 감동이 남아있는 채로 딸아이의 손을 잡고 공연장을 나서는 순간이 그러하다. 첫 새벽에 고요한 마당에 발을 내딛는 순간 그 싸하고 깨끗한 공기를 마실 때가 그러하고 산 좋고 물 좋은 곳으로 여행을 떠나면 굳이 아무것도 하지 않아도 충분히 그 경이로운 풍경만으로도 감사하다.

띠처럼 이어지는 자동차들의 행렬, 그 행렬 사이를 넘나들며 운전하는 딸아이가 대견해 보인다. 열심히 살아가는 모습을 보면 기특하다가도 애쓰는 모습이 안쓰럽기도 하다. 너무 애쓰지 않아도 괜찮다는 엄마 말을 가슴으로 느끼기에는 앳된 젊음이다. 해 있을 때는 끊임없이 움직이느라 늘어놓았던 감정들을 저물녘에 하나씩 정리하여 가지런히 챙겨놓고 잠드는 일이 삶이지 싶기도 한데 말이다.

나는 아무리 서울물을 많이 마셔도 촌티를 벗지 못할 것 같다. 하루 이틀 서울에 머물면 머리가 아프다. 뼛속까지 촌사람이다. 서울 사람들 흉내도 못 낼 것 같다. 화려한 도심과 어리버리한 나와는 어울리지 않는다.

젊은 날엔 외국물도 마시고 서울물도 먹으며 꿈을 향해 살지만, 이순이 넘은 지금은 산골물이 시원하고 맛있다. 외국물을 마시거나 서울물을 마시고 사나 사람에 대한 사랑과 관심이 있어야 물값을 하는 것이다. 청주의 시골 한 귀퉁이 살지만 가끔, 아주 가끔은 서울물도 마시고 싶은 날이 있다.

사연

10월도 다 갔다. 지상은 하루하루 새로운 옷을 갈아입는다. 꽃과 나무들은 제 화려했던 지난여름을 잊고 씨앗을 품고 있다. 이제 자연으로 돌아가 다음 생을 준비하는 이 계절은 깊고도 그윽하다. 우리 푸른 교실 할머니들의 모습이다.

작년부터 할머님들께 한글을 가르치는 봉사를 하고 있다. 매주 시 한 편씩 읽어드리는 것으로 수업을 시작한다. 오늘은 도종환 시인의 사연이라는 시를 읽어드렸다.

"한평생을 살아도 말 못 하는 게 있습니다./ 모란이 그 짙은 입술로 다 말하지 않듯/ 바다가 해일로 속을 다 드러내 보일 때도/ 해초 그 깊은 곳은 하나도 쏟아 놓지 않듯/ 사살의 새벽과 그믐밤에 대해 말 안 하는 게 있습니다./ 한평생을

살았어도 저 혼자 노을 속으로 가지고 가는 아리고 아픈 이야기 하나씩 있습니다."(시 「사연」 전문)

이 시를 읽고 나니 다들 고개를 끄덕이신다. 살아온 세월을 어찌 말로 다 할 수 있으랴. 가난과 전쟁, 일제의 탄압을 견뎌온 이 땅의 어머님들의 생은 눈물이고 한숨이다. 팔순이 넘었으니 이제는 곰삭을 만도 하련만 어제 겪은 일처럼 생생하게 기억하신다.

강원도 산골에서 농사를 지으며 동생들을 키우느라고 학교에 못 갔다는 윤복순 할머님의 이야기가 시작되었다. 친정에서 고생하다가 스무 살에 시집을 왔더니 큰애 낳고 남편이 군 입대를 하더란다. 그런데 이 남편이 탈영을 했단다. 시아버지가 산속에 움막을 지어 놓고 거기서 5년을 숨어서 살았단다. 할머니 말씀을 그대로 옮기자면 "숨어 살다가 들통이 났어요. 경찰한테 끌려가는데 얼마나 두들겨 패는지 볼 수가 없대요. 사람이 저리 맞아도 사나 싶대요." 징역살이를 한 칠 년 하고 나오더니 술 먹고 놀음을 하더란다. 자식들 두고 도망갈 수가 없어서 고생을 하면서 4남매를 키웠단다. 그 아들, 딸들이 지금은 얼마나 잘하는지 그 애들한테 고맙다는 편지를 쓰고 싶은데 글을 몰라 배우러 오셨단다.

이 사연을 듣고 또 한 분은 그게 무슨 고생이냐고 당신 고생은 더했단다. 세 살에 엄마가 돌아가시고 네 살에 아버지까지 돌아가셨단다. 자식에게 부모는 세상의 전부다. 어려서 부모를 잃었으니 그 고생은 듣지 않아도 뻔하다. 굶기를 밥 먹듯 했으니 글은 배울 엄두도 내지 못하셨단다.

또 한 분은 열일곱에 시집을 왔는데 아이가 생기지 않더란다. 눈만 뜨면 애도 못 낳는 년이라며 집을 나가라고 시작되는 시부모님의 모진 구박을 8년이나 견디셨단다. 그래도 남편이 "나는 저 여자를 입에 물고 죽는 한이 있어도 다른 사람은 보지 않겠다."며 당신을 싸고돌더란다.

살아온 사연을 들어 보면 눈물겹지 않은 삶이 없다. 어떻게 그 모진 세월을 살고도 저 순박한 미소가 남아있을까 싶다. 20명 중에 칠순을 넘긴 몇 분을 제외하면 다 팔순을 훌쩍 넘기셨다. 글을 배우지 못한 사연, 살아온 사연들은 눈물 없이 읽을 수 없는 한 편의 소설이다. 오늘은 글자 한 자 더 배우지 않아도 어머님들 가슴속에 있던 응어리를 풀어 놓는 것만으로도 보람 있는 수업이다. 글을 모르는 것이 부끄러워 남편에게도 자식들에게도 말하지 못했다. 이제는 팔순이 다 되어 비로소 글을 배우는 것이다. 본인 이름보다 제일 먼저 쓰고 싶었던 금쪽같은 내 새끼들 이름을 쓰고 눈물이 났다는. 글을 배우니 세상이 다시 보인다는 어머님들의 미소가 쓸쓸하다.

그 모진 생을 살았으니 차마 누구에게도 말할 수 없는 사연을 가슴에 품고 인생의 노을을 바라보고 있는 것이다. 선운사 뒷마당 고목에서 피어난 홍매화의 짙은 향기가 어머님들에게서 난다. 아무리 모진 인생에도 기쁨의 순간이 있듯이 아무리 찬란한 인생도 말 못 할 사연 하나쯤은 있다. 말로 할 수 있는 사연은 그래도 괜찮은 것이다. 시인의 말처럼 차마 말할 수 없는 이야기가 누구나 하나씩은 있을 것이다. 어찌 한 생을 살아가는데 비바람이 없을 수 있겠는가. 견뎌내는 것이 인생인 것을. 내일이면 11월이다. 열매를 맺은 모든 것들은 봄과 여름을 살아오면서 시련의 그 사연을 가슴에 묻고 마지막 햇살마저 고스란히 열매에 쏟으며 달게 익힌다. 시를 연필로 꾹꾹 눌러 쓰시는 어른들의 사연이 눈물겹다.

빗소리를 들으며

　기세등등하던 여름 햇살도 누그러졌다. 봄과 여름 내내 지독하게 시비를 걸어오던 풀들과의 싸움도 시시해졌다. 그런데 이제는 내가 얇아진 햇살의 소맷자락을 잡고 천천히 가라고 사정을 하고 있다. 시골 살림을 하다 보면 짧아진 가을볕이 아깝다. 바동거리는 나를 보다 못한 남편이 오늘은 비도 내리니 맛있는 것도 먹고 꽃무릇도 보며 쉬자고 한다. 꽃무릇이란 말에 귀가 번쩍 열린다.

　비를 맞은 산야가 촉촉하다. 불갑사로 들어오는 길목에 도열한 꽃무릇, 눈을 뗄 수가 없다. 꽃무릇 최고의 날은 지났지만 이만큼 볼 수 있는 것도 다행이다. 꽃 때를 맞추기가 쉽지 않다. 절정의 순간을 만나는 해는 왠지 모든 일이 잘될 것 같은 근거 없는 설렘의 시간을 보낸다. 이 또한 자연이 우리에게 베푸는 은총이다.

불갑산 품에 안긴 불갑사, 비가 내리는 불갑사는 더없이 고졸하다. 절집의 기와지붕은 빗물 받침이 없어 기와 골골마다에서 빗물이 떨어진다. 어떤 연주자가 이처럼 소박하고 아름다운 소리를 들려줄까. 만세루 툇마루 앉아 듣는 빗소리, 규칙적이어서 단조로운 듯한 음에 묘한 끌림이 있다. 지루한 듯 지루하지 않아 시간 가는 줄 모르고 앉아있다.

만세루 지붕에서 마당으로 톰방톰방 떨어지는 빗방울 소리에서 그녀와 나의 웃음소리가 들린다. 비 오는 날 교복을 입은 채로 우산도 없이 비를 쫄딱 맞으며 걸었다. 교복과 머리가 흠뻑 젖은 서로의 모습을 보면서 깔깔거렸다. 티 없이 맑은 웃음이었다. 살면서 가식 없이 맑고 환하게 웃었던 적이 있었던가 싶다. 여고 시절 단짝이었던 우리는 늘 붙어 다녔다. 졸업하고 우리가 20살 어느 날 그녀가 홀연히 자취를 감추었다. 그녀가 사라지고 나는 한참을 방황했었다. 그리고 시간이 흘러 내가 아이 둘을 낳고 큰애가 유치원 다닐 무렵 그녀가 찾아왔다. 머리를 깎고 재색 두루마기를 입은 너무나 낯선 모습으로 내게 왔었다. 나는 구도자의 길을 가는 그녀가, 그녀는 나를 엄마라고 부르는 애들이 있는 내가 너무나 어색하여 한참을 말없이 바라보기만 했었다. 빗소리는 그녀가 읽는 경전처럼 숙연해진다. 어느 절집에서 정진하고 있을 그녀가 오늘 많이 보고 싶다.

가을로 접어든 불갑산이 흠뻑 젖어있다. 한 번도 산사에서 이렇게 오랫동안 편안하게 머물렀던 적이 없다. 절집 마당을 사박사박 걷는 내 발자국소리가 조금은 쓸쓸하지만, 따스한 위안이 되기도 한다. 동동거리며 여기까지 걸어온 내게 주는 휴식 같은 시간이다. 호젓하게 즐기기엔 더없이 좋은 날이다.

처마 끝에서 떨어지는 저 한 방울의 빗물이 이 땅의 생명들을 키워낸다. 들판의 곡식, 산에 나무들, 물고기, 작은 들꽃까지 다 키워내고 홀가분해진 마음으로 바다로 간다. 바다에서 또 다른 생명을 이어간다. 대웅전 지붕에서, 만세루 처마에서 떨어지는 각각의 빗물이 다 귀하게 쓰이듯 어디에서 무슨 일을 하며 살든 쓸모없는 사람도 없는 것이다.

빗소리는 또 다른 음악으로, 귀한 말씀으로 마음을 달래준다. 낭만도 있고, 슬픔도 있고, 쓸쓸함도, 따뜻함, 감사한 마음. 물은 아래로 흐른다는 진리의 말씀도 들리는 듯하다.

나이를 먹으며 새롭게 보이는 것들이 있다. 들꽃이 그러하고 가을 햇살, 걸어가는 노인의 등 굽은 뒷모습, 어린아이들의 웃음소리 내게 아무 관심도 없던 것들이 눈에 들어온다. 내 인생은 오랫동안 가뭄이 들었었다. 먼지만 풀풀 날렸다. 떨어지는 빗소리가 살아오느라 고생했다고 내 등을 토닥토닥 어루만져 준다. 삭정이처럼 메마른 내 가슴, 불갑사 부처님 품에서 촉촉해진다.

어느 하루, 오늘처럼 이렇게 비가 내리는 날이면 더 좋겠다. 불갑사 만세루 툇마루에 앉아 대웅전에 계신 부처님을 바라보고만 있어도 핏대를 세웠던 일들이 무심해지리라. 혼곤히 자고 일어난 듯 몸과 마음이 평온해진다. 산사에서 자연이 하는 말에 귀 기울여 볼 일이다. 타박하기보다는 감사의 마음이 생긴다.

이 세상에서 나와 인연인 그들이 어디 있든 무슨 일을 하든지 결국 우리는 빗물처럼 흘러 흘러 바다에서 만나게 된다.

빗방울이 점점 굵어진다. 어느 시인의 말처럼 나는 누구에게 시원한 물 한 모금으로 살아왔는가, 라는 물음을 내게 던져본다.

사람을 부르는 손짓

꿈을 꾸고 있는 듯하다. 닿을 수 없는 곳이라 생각했던 그 자리에 내가 서 있으면서도 믿기지 않는다. 영화 천사와 악마에서 보았던 그 천사의 동상 앞에 그 성당 앞에 내가 서 있다. 바람 끝은 차고 로마의 하늘은 가을하늘처럼 짙게 푸르다.

설날 차례상을 대충 물리고 곧바로 짐을 쌌다. 명절에 짐을 싸 어디론가 떠날 수 있다는 것을 상상으로도 못 했던 일이다. 수년 전 책『다빈치코드』를 읽고, 영화를 보면서 내 언젠가는 루브르박물관을 꼭 한 번 가보리라 마음먹었었다. 직장에 다니는 딸아이가 엄마도 한 번쯤은 유럽에 가 봐야 하지 않겠느냐며 기꺼이 시간을 냈다.

끝이 보이지 않는 사람의 띠가 걷고 있다. 이곳은 로마 베드로성당, 그림을, 조각을, 건축을 보려고 수많은 사람이 줄을 서 있다. 사람도 풍경이다. 다른 사람들은 쉬운 일인지 몰라도 나에겐 큰돈과 시간을 이순이 되어 큰맘 먹어 본 일이다. 피부색과 언어가 다른 이국 사람들과 줄을 서 있는 것조차 꿈인듯하다. 저 많은 사람도 초대받지는 않았을 것이다. 나처럼 이 도시의 예술작품을 보기 위해 걸음 했으리라. 웅장한 건축물과 유명한 그림들 수많은 조각 작품들 보려고 모인 사람들이다. 나는 이 모든 것이 강렬하게 들어온다.

미켈란젤로의 조각품 「피에타」를 보는 순간 가슴에서 무언가 뜨거운 것이 뭉클하게 올라왔다. 나도 모르게 눈물이 흘렀다. 종교적 의미가 아닌 작품으로만 본다면 죽은 자식을 어미가 안고 슬프게 바라보고 있는 형상이다. 그 형상에서 영혼이 깃들어있는 것이 내게 들어왔다. 한 시간은 족히 바라보고 서 있었다. 무엇이 나를 이 조각상에서 떠나지 못 하게 하는가. 이 조각품만 수십 장의 사진을 찍어도 만족스럽지가 않았다. 미켈란젤로 이 남자의 예술세계는 도대체 어디까지

인가. 이 남자에 대한 호기심이 생긴다.

　우리에게 주어진 시간이 흘러갔다. 아직 돌아가고 싶지 않은데 인제 그만 가란다. 밥을 먹긴 많이 먹은 것 같은데 허기가 채워지지 않아 수저를 놓기 아쉬운 느낌이다. 더 놀고 싶은데 잡아 주는 이가 없다. 파란 눈의 남자가 손을 내밀었으면 덥석 잡았을지도 모를 일이다. 빈말이라도 잡는 시늉만 했어도 못이기는 척 눌러있고 싶었다. 거기서 이 멋진 남자 미켈란젤로, 그와 그의 그림들과 조각 작품들을 만족할 때까지 보고 또 보면서 머물고 싶었다.

　작가는 작품으로 말하는 것이다. 수없이 들어온 말이다. 나는 '예술은 사람을 부르는 손짓이다.'라는 생각이다. 누가 초대하지 않아도 좋은 작품이 있는 곳 거기가 어디든 사람들은 모인다. 예술작품은 즐기는 자의 것이다. 온 세계 여행객은 다 이곳으로 몰려온 것처럼 미술관은 인산인해다. 나도 스스로 찾아갔다. 좋은 작품을 보면서 감탄과 가슴 두근거리는 떨림, 그것 때문이다. 과학은 아는 것이요. 문학과 예술은 느끼는 것이라고 했다. 사람들은 무엇에 목말라하는가. 나와 다른 세상에 대한 호기심, 문학과 예술을 통해 대리만족하는 것이다. 나와 다른 그들의 삶과 그들의 역사와 그들의 예술세계를 보면 볼수록 다양하고 신기하다. 여행은 미지의 시 공간을 경험하는 것이라 한다. 일상에 빠져 있던 자신을 새롭게 발전시킬 수 있는 힘을 얻고 소중한 성찰의 시간도 갖게 한다.

만약에 나에게 이런 기회가 또 주어진다면 더 오래, 더 많이, 더 깊은 눈으로 느끼고 싶다. 세상에는 나를 부르는 손짓이 수도 없이 많다. 하여 나는 손짓하는 그곳이 어디가 됐든 내 다리가 허락하는 한 찾아가 즐겨 볼 참이다.

눈독 들이다

김장만 해 넣으면 겨울 준비 끝이다. 그런데 이장님이 무 밭 작업을 안 하신다. 나뿐만 아니라 우리 동네 사람들은 이즈음 이장님 무밭에 잔뜩 눈독을 들이고 있다. 학교 급식용으로 나가기 때문에 친환경으로 농사를 지으신다. 미끈한 건 납품하고 조금 미달되는 것들은 우리들 차지다. 밭에 작업을 마치고 나면 동네 사람들이 밭으로 간다. 무 뽑는 날은 동네 사람들을 다 만날 수가 있다. 봄에는 감자도 그랬다. 크기만 조금 작을 뿐 유기농 감자다. 이장님 밭에서 키운 채소를 먹어 본 사람들은 그 맛을 잊지 못한다. 남의 것에 눈독을 들인다는 것은 욕심을 내는 일이다. 눈독의 사전적 의미는 물건이나 사람에게 욕심을 내어 그것을 자기 것으로 삼을 궁리를 하며 쳐다보는 시선이란다.

나는 마당이 있는 집에 살면서 이상한 버릇이 생겼다. 길가에 꽃이나 돌멩이에 눈독을 들이는 일이 많아졌다. 매일매일 지나다니는 길가에 예쁜 돌이 있었다. 고양이 기름 종지 노리듯 몇 날 며칠 눈독만 들이다가 작정하고 가져와야지 하고 갔더니 그것이 감쪽같이 없어졌다. 분명 어제까지도 있었는데 말이다. 내 것이 아니었는데도 불구하고 마치 내 것을 잃어버린 것처럼 그 서운함과 허망함으로 그 자리에서 한참을 서성거렸다. 나 말고도 그 돌에 눈독을 들이고 있었던 사람이 있었나 보다. 예쁘고 좋은 것은 내 눈에만 보이는 것이 아니다. 세상에는 흔전만전 넘쳐나는 것도 내게 없으면 귀한 것이다.

막내고모와 나는 두 살 터울이다. 나이 차가 많은 동생보다는 고모와 더 가깝게 지냈다. 한방을 쓰면서 학교도 같이 다녔다. 고모가 결혼 날짜를 잡아놓고 혼수 준비로 바쁜 날을 보낼 때였다. 벌써 40년 전 일이다. 성안 길에서 그가 고모

이름을 반갑게 불렀다. 고모가 부산에서 결혼식을 올릴 거라니까 자기가 사진을 찍어주겠단다. 그때는 남자가 여자 친구 결혼식에 간다는 게 너무 놀라웠다. 나와 고모 친구들은 결혼식 전날 기차를 타고 부산으로 내려갔다. 물론 그도 함께 갔다. 기차를 타고 가면서 게임도 하고 기차에서 간식도 사 먹으면서 재미있게 다녀왔다. 함께 갔던 고모 친구들이 그에게 관심이 아주 많았다. 그런데 그 남자는 나에게 관심을 보였다. 결혼식에 다녀온 후 사진을 빌미로 그와의 만남이 시작되었다.

우리는 살면서 눈독 들이는 것이 많다. 좋은 것을 보고도 욕심이 생기지 않는다면 그 사람은 아마도 신의 경지에 이른 사람일 게다. 속심은 감추고 겉으론 보고도 못 본 척 눈독만 들이는 것이 어디 한두 가지라고 그걸 다 표현하고 살까. 눈독은 욕심일 수도 꿈이 될 수도 있다. 살아가면서 사람에게 혹은 물건, 권력, 돈에 눈독을 들이지 않은 날이 없을 것이다. 매일매일 아주 사소한 것부터 터무니없는 꿈을 꾸거나 눈독을 들이다가 낭패를 보기도 하며 살아간다. 그렇게 살아가는 것이 우리의 삶이지 싶다. 눈독 들이는 것을 말로 다 표현하며 살 수는 없는 것이다. 정치인들은 민생은 뒷전이고 자리에만 눈독을 들이다가 국민에게 눈총을 받는다. 염불에는 관심이 없고, 잿밥에만 눈독을 들인다는 말일 것이다. 눈독을 들여 운명적인 인연으로 평생을 함께 갈 수도 있고 물건처럼 다만 욕심을 냈을 뿐 취하고 나면 관심이 없어지는 것도 있다. 꿈을 꾼다고 다 이루어지는 게 아니듯 눈독 들인다고 다 가질 수는 없다. 그런데 이 일을 어쩌나 요즈음은 하루에도 몇 번씩 이장님 무밭으로 자꾸만 눈길이 간다.

잘 늙은 호수
-오창 구룡공원

공원에 들어서는 순간 '그래 이 호수도 잘 늙었구나.' 안도현 시인의 잘 늙은 절 화엄사 시구가 스쳐 간다. 아직 푸른 잎도 꽃도 없는 호숫가는 조용하다. 오래된 호수인 듯 큰 나무들이 많다. 큰 나무들은 풍치가 있고 늠름함이 멋스럽다. 그리 크지도 않고 요즈음 조성하는 호수처럼 분수도 없고 호수 둘레를 쳐놓은 나무로 된 난간도 군데군데 삭아있고 떨어져 나간 곳도 있다. 세월의 흔적이 보인다. 늙었다는 것은 그 육신이 닳았다는 뜻이다. 오래 사용했으니 여기저기 고장이 나는 것이 당연하다. 외형은 초라해도 무시할 수 없는 기품이 느껴진다. 무엇 때문에 이런 느낌이 들까 생각하며 천천히 호수를 돌아보았다. 오래된 나무와 호수 옆에 있는 성당의 그림자가 물속에 있다. 호수는 성당과 나무와 하늘을 담고 있는 한 폭의 서양화다. 단순하지만 단조롭지 않은 시선이 느껴진다. 호수에 담긴 성당과 아름드리나무와의 조화가 이 호수의 풍경을 고풍스럽게 하는 것 같다.

오창 구룡공원에 있는 이 호수는 구룡 소류지라고 하는 작은 저수지였단다. 지금은 신도시가 되었지만 얼마 전까지 논과 밭에 물을 주던 저수지. 도시개발로 논과 밭에는 건물이 들어서고 학교가 생겨났다. 오창대로를 건너 중앙공원의 산길을 따라 오창 호수공원의 녹지와 연결되는 곳이다. 처음 봤을 때는 호수라기보다는 조금 큰 둠벙 같았다. 호수 둘레길을 걷다가 성당과 호수가 있는 풍경이 참 잘 어울려 좋은 느낌이 들었나 보다. 서로 잘 어울린다는 것. 함께 있어 아름다운 것. 그래서 좋은 풍경을 이루고 있는 것이다. 오래된 것은 새것, 어린 것이 도저히 흉내 낼 수 없는 세월의 흔적이 있다. 작아도 묵직한 기운이 느껴진다. 오랜 세월 잘 살아온 당당함, 듬직함으로 편안해 보인다. 잘 늙음을 보는 것 같다. 잘 늙어야 한다는 것은 세월 가는 대로 나이만 먹는다고 잘 늙는 것은 아니다. 안도현 시인은 "잘 늙었다는 것은 비바람 속에서도 비뚤어지지 않고 꼿꼿하다는 뜻이며, 그 스스로 역사이거나 문화의 일부로서 지금도 당당하게 늙어가고 있다는 뜻이다"라고 했다.

호수를 걷다 보니 양지바른 제방 둑에는 보라색 제비꽃과 노란 민들레꽃이 잔잔한 꽃무늬 치마를 입고 있는 듯 예쁘다. 이 호수에서 나고 자란 나무인지 호수가 생겨나면서부터 여기서 자란 나무인지는 모르겠다. 어쨌든 저 아름드리나무가 없었다면 그저 작은 둠벙에 지나지 않았을 것이다. 아름드리나무가 호수와 함께 사람들을 반긴다.

머지않아 이 구룡공원을 문학공원으로 조성할 계획이란다. 조용하고 아늑한 이곳에 시와 수필로 감성까지 곁들인 공원으로 거듭나지 않을까 기대가 크다. 함께 걷던 문우도 연신 편안하다는 말을 한다. 외형만 잘 가꾸는 것이 아니라 가슴까지 따스해지는 자연과 한 문장이 되어 오창의 새로운 명소가 될 것 같다. 어떤 이는 오창의 숨은 진주라고 표현했다. 새것에서 느낄 수 없는 깊이와 자연스러움으로 편안함을 준다. 구룡공원은 사람이 많은 도심 속이 아닌 도심을 비켜선

곳에 있어 혼자만의 혹은 둘이 조용히 여유를 즐기기에 더없이 좋은 곳이다. 자식들 잘 키워 사회에 내보내고 편안한 노후를 보내는 촌로의 여유 같다. 오랜 시간 비바람을 견뎌온 나무들이 이 호수를 잘 늙어 보이게 만들었다. 사람이나 자연이나 잘 늙은 모습은 당당한 아름다움이 있다.

지금은 수염을 깎지 않아 더부룩해 보이지만 부러진 나뭇가지와 호수 난간을 정리하여 시화를 걸으면 어느 공원보다 멋진 모습이 될 것이다.

누구라도 구룡공원, 잘 늙은 이 호수 둘레 길을 걸어보면 나처럼 단박에 반하게 될 것이다. 나는 잘 늙어 가고 있는 것인가?

빈틈

온기를 품은 봄 햇살이 문틈으로 쏟아진다. '틈이 있어야
햇살이 파고듭니다. 빈틈은 허점이 아니라 여유입니다.'라고
했던 글귀가 생각난다. 그래 틈이 있어야 이 고운 햇살도 내
게로 오는 것이다. 사람에게도 이런 틈이 있어야 인간미가
있다. 세상에 완벽한 사람은 없다. 그래서 절대자도 실수할
때가 있다는 농담도 있지 않은가.

오래전 일이다. 어렵게만 느껴졌던 그녀와 친하게 된 계기
는 날씨에 관한 한마디 말 때문이다. 아무것도 하지 않아도
심란한 연말이었다. 그녀와 사무적인 통화 말미에 서로 덕담

을 나누며 통화를 마치려 했다. 그런데 그녀가 "연말이라 바쁘시죠?" 한다. "쓸데없는 일로 바쁘죠. 뭐." 했다. 또 그녀가 "이런 날은 분위기 좋은 데서 차나 마시면 좋은 날인데 차 한잔하자는 사람도 없네요. 그런데 눈은 왜 오고 지랄이래요?" 한다. 우리는 동시에 웃음이 터졌다. 그 순간부터 나도 그녀에게 그녀도 나에게 무장해제다. 상상도 못 했던 말이 터지면서 우리의 경계가 무너졌다. 나는 그녀가 보인 틈을 놓치지 않고 파고들었다.

그리고 어느 날, 온 산야가 제각각의 색깔로 옷을 갈아입으며 찬바람이 살 속을 파고드는 늦가을, 창밖에는 비가 내렸다. 문학회의 중에 작은 소리였지만 옆에 있는 사람은 들리게 '아무 일 없어도 심란한데 비는 왜 오고 지랄여.' 혼잣말처럼 했다. 옆에 있던 그녀가 내 얼굴을 빤히 바라보며 "그런 말도 할 줄 알아요." 한다. 말을 붙이고 싶은데 영 빈틈이 없어 보이는 사람 같아 거리를 두었는데 확 끌린단다. 그러면서 나하고 잘 지내고 싶다는 고백을 해왔다. 어떻게 보면 천박해 보일 수 있는 막말로 인해, 거기서 인간미를 느껴 두 사람을 얻었다. 몇백 년 전에 나와 상관없이 살다간 문인, 철학자가

써 놓은 글을 보며 감동하는 것은 사람의 마음은 예나 지금이나 같기 때문일 것이다.

사람 마음은 똑같다. 다만 표현을 하고 안 하고의 차이다. 조금은 상스러워 보일 수 있는 말 한마디가 내 마음과 그녀들의 마음을 열게 했다. 나쁜 사람은 틈을 보면 나쁘게 이용하려 하고 또 다른 사람은 인간미를 느끼게 되는 것이다. 한때는 나도 남들에게 허점을 들키지 않으려고 어울리지 않는 가면을 쓰고 다녔다.

인연은 예기치 못한 곳에서 온다. 어떤 말 한마디에서, 작은 행동 하나에서 인연은 시작된다. 좀 상스럽다 할 수 있는 말 한마디를 인간적이라고 생각하는 사람과는 오래도록 관계를 유지할 수 있다. 서로를 향해 웃어 줄 수 있는 여유가 있기 때문이다. 너무나 빈틈을 주지 않는 현실이 안타깝다. 그만큼 우리는 여유를 갖지 못하고 살고 있는 거다. 겉으로 다 표현하지 못하는 것은 허점을 들키지 않으려는 것이다. 틈이 있어야 햇살이 파고듭니다. 빈틈은 허점이 아니라 여유라는 말, 곱씹어도 참 느긋하고 정답다.

빈구석이 많을수록 단단하게 여미고 사는 법이다. 옆에 좋은 친구를 가진 사람, 지식이 풍부한 사람, 경제적으로 여유가 있고 건강한 사람, 거기에 외모까지 멋진, 다 갖춘 사 사람의 여유는 당연하게 받아들여진다. 하지만 세상의 잣대로 볼 때 가진 게 없어 보이는 사람에게서 나는 향기는 더 진한 감동을 준다.

우리는 살면서 수많은 사람을 만난다. 그중에 정말 좋은 사람, 그 사람을 만난 것이 내 인생에 참 고마운 일이라고 생각되는 사람이 있다. 반면 어쩌자고 저런 사람과 알게 되었을까 하는 사람도 있다. 내가 상대에게 좋은 사람으로 있으면 주변에 좋은 사람이 있고 그렇지 못하면 외로운 것이다. 너그러운 사람에게 끌리는 것은 파고들 틈이 있어 그런 것일 게다. 빈틈은 엄격해서 어렵기만 하시던 아버지가 내 작은 상처에 보이신 눈물이다. 막 시작된 봄 햇살과 바람이 맘껏 들어올 수 있도록 창문을 활짝 열어야겠다.

백리향처럼

늦가을의 햇살이 내려앉은 아침, 마당이 참 고요하다. 지상의 모든 것들은 갈무리에 들어갔다. 대문밖에 겨울이 자박자박 걸어오는 소리가 들린다. 살 속을 파고드는 바람이 제법 맵다. 어쩌면 가을은 마무리가 아니라 또 다른 시작이다.

세상의 따스한 것들은 다 겨울에 있는 것 같다. 온돌방. 아궁이의 불꽃, 털스웨터. 털목도리. 털장갑, 포장마차, 군고구마, 크리스마스이브의 불빛 생각만으로도 겨울이 따뜻해진다. 난로 위 주전자가 뚜껑을 달그락거리며 하얀 김을 내뿜는다. 보는 것만으로도 따뜻함이 느껴진다. 달그락 소리에

따끈한 차를 마시고 싶어진다. 내 나이 육십하고도 한참이 더 있다. 어떤 날은 의욕이 넘치다가도 어떤 날은 이 나이에 뭘 욕심을 부리나 싶어서 슬쩍 물러서게 되기도 한다.

살다 보면 예기치 못한 혹한을 만날 때가 있다. 혹한을 만나는 것은 순식간이다. 삼십 대 후반 내 인생의 혹한기였다. 도장 한 번 잘못 찍어 긴 겨울을 살아야 했다. 사람에 대한 믿음은 깨지고 인생의 회의가 왔다. 그때 영동의 작은 암자에서 하룻밤 묵었던 일이 있었다. 저녁 공양을 하고 차를 마시며 스님이 말씀하셨다. "눈으로 보이는 것만이 세상이 다는 아닙니다. 지금 이 시간이 보살님 곁에 머물러 있는 것이 아닙니다. 살다 보면 다 지나갑니다." 막막하기만 했던 시간들이 조금씩 앞이 보이는 듯했다. 그날 밤 온돌방, 바닥에서 등으로 전해지던 뜨끈뜨끈한 온기로 오랜만에 달게 잤다. 혹한을 만나 본 사람은 추위가 얼마나 무서운지를 알게 된다. 그리고 한 번 얼어붙은 추위를 녹이는 것은 쉽지 않다는 것을 안다. 그 추위를 알기 때문에 이제는 쉽게 불을 꺼트리지 않는다. 지금처럼 찬 바람이 불면 그때 암자에서의 하룻밤을 생각한다.

우리는 코로나19라는 혹한을 견디고 있다. 외출이 불편하거나 마스크를 써야 하는 것은 조금 불편할 뿐이다. 사람을 만나야 살아갈 수 있는 소상공인, 침체된 시장경제로 인해 많은 사람이 떨고 있다. 먼 이야기가 아니다. 우리 가까운 이웃, 학교 급식용으로 천 평이 넘는 밭에 유기농으로 심어놓은 무밭이 있다. 그것이 팔리지 않아 헐값에 넘기고 농사를 지은 아저씨는 요즈음 볼 수가 없다. 경제가 어려워지면 가장 낮은 곳의 삶부터 추위가 스며든다.

마당에는 한 번의 서리에도 견디지 못하고 생을 마감하는 꽃들이 있는가 하면 백리향은 된서리에도 독하게 푸른 잎을 지키고 있다. 백리향을 볼 때마다 저 독기가 있으니 그 진한 향기를 꽃 속에 품고 있는 거지. 그 독기가 없다면 그 추운 겨울을 어찌 견뎌 내겠는가. 백리향 꽃은 토끼풀꽃처럼 생겼고 잎은 새끼손톱만 하고 줄기는 실처럼 가느다랗다. 추위에 강하고 더위는 물론 건조한 기온에도 강하다. 줄기가 옆으로 포복하면서 자란다. 5월 보라색 꽃이 피기 시작한다. 백리향이 피기 시작하면 마당에 향수를 뿌린 듯 공기가 다르다. 바람만 스쳐도 향기를 내뿜는다. 백리향이 독하게 겨울을 이겨

냈으므로 그 향기가 더 진하게 나오지 않나 하는 생각을 한다.

뒷산에 수령이 오래된 아까시나무는 잎을 떨군 지 오랜데 올해 새로 생겨난 어린줄기는 아직도 파란 잎을 달고 있다. 오래 살아온 나무는 미련을 빨리 버려야 한다는 것을 아는가 보다. 아무리 머물고 싶은 자리도 때가 되면 물러설 줄 알아야 아름답다. 백리향처럼 독기도 없으면서 잎을 떨궈내지 못하고 있는 어린나무가 안쓰럽다. "진정한 용기란 가장 중요한 것을 위해 보다 덜 중요한 것을 버릴 수 있어야 한다."라고 파울 틸리치는 말했다. 늦가을 아침, 마당에서 내 인생에서 덜 중요한 것이 무엇인가 생각해 본다.

덤벙 주초

초여름 햇볕이 철없이 억세다. 계절도 예전과 같지 않다는 말을 실감한다. 이 숲에 들어와 처음 맞이하는 여름이다. 마당을 빙빙 돌며 하루를 시작한다. 간밤에 나무와 꽃들에게 탈이 나지 않았는지 살피다 보면 한나절이 훌쩍 기운다. 봄내 심고 심어도 아직 빈자리가 많다. 마당을 가꾸는 일이 만만치가 않다.

오늘은 날도 뜨겁고 마당 일이 꾀가 난다. 마당에서 벗어날 핑곗거리를 찾고 있었다. 때맞춰 오랜만에 점심이나 먹자는 지인의 전화에 폴짝 뛰어나갔다. 떡 본 김에 뭐 한다고 이왕 나왔으니 오늘 하루 집에서 멀리 벗어나고 싶었다.

쌍계사 하면 하동을 먼저 떠올리게 되는데 논산에도 쌍계사가 있다. 논산 쌍계사는 보물 제408호다. 대웅전은 세상을 다 내려놓은 편안한 노인의 모습으로 앉아있다. 기둥을 세운 초석은 자연석이다. 이것을 덤벙 초석이라 한단다. 덤벙 초석이라는 말이 눈에 콕 박힌다. 대웅전의 기둥은 우리 아버지 얼굴처럼 깊게 팬 주름이 세월을 말하고 있다. 그 품이 너무나 푸근했다. 색 바랜 대웅전 꽃살 무늬 문 앞에서 오랫동안 넋을 놓고 서성거렸다.

논산 쌍계사는 창건연대가 명확하지 않은 사찰이다. 고려 초기에 세워졌다고도 하며 몇 번의 화제로 여러 차례 중건하였단다. 대웅전은 정면 5칸 측면 3칸으로 다포계 겹처마 팔작지붕이다. 기둥은 자연 목을 그대로 사용했다. 초석은 조금 큰 것도 있고 작은 것도 있다. 이렇게 초석을 덤벙덤벙 놓았다 해서 '덤벙 주초'라 불린다. 정면 5칸의 각 칸마다 꽃살 창호다. 연꽃, 모란, 국화, 난초, 작약, 무궁화꽃을 5색깔로 부처 앞에 공양하는 의미로 장식하였다고 한다. 예쁜 것에 끌리는 것은 사람만이 아닌가 보다. 대웅전 뜨락에 서서 덤벙 주초와 꽃살문에서 눈을 뗄 수가 없었다.

덤벙 주초는 자연석을 그대로 초석으로 사용하는 것. 기둥과 만나는 면에 굴곡이 있으므로 기둥 밑면을 초석 면에 맞게 그랭이질한 것이다.

그래 세상은 덤벙덤벙 사는 거다. 반듯하게 다듬지 않았어도 그 오랜 시간 아무 탈도 나지 않았다. 덤벙 초석은 터를 반반하게 고르는 대신 터에 맞게 기둥의 길이를 달리 놓을 줄 아는 여유를 가지라고 말한다. 그렇다. 세상은 평탄하지 않다. 울퉁불퉁 자갈길이다. 덤벙 주초처럼 그때그때 네 기둥을 똑바로 세우면 되는 것이다. 평탄하지 못한 세상을 탓할 게 아니라 내가 중심을 잘 잡아야 한다. 반듯해야만 직성이 풀리는 내 성격 탓에 옆에 있는 사람들이 힘들었을 것이다. 작은 일만 생겨도 아니 원칙에서 벗어나면 세상이 다 무너지기라도 할까 봐 잠을 설쳐가며 고민하고 상대방과 충돌했다.

대충대충 덤벙덤벙 살아도 세상은 반듯하게 돌아간다. 모든 것은 마음먹기에 달렸다. 몇십 년을 한솥밥 먹은 부부도 맞지 않아 허구한 날 투탁거린다. 하물며 사람의 관계에서 누가 누구에게 맞출 것인가.

이 숲이 좋아 터를 잡았지만 한 곳만 바라보는 일은 지루한 일이다. 오늘 세상 공부를 했다. 덤벙 초석이라고 아무렇게 놓은 것은 아니다. 쌍계사 초석은 이렇게 울퉁불퉁해서 자연스럽지만 그 자연스러움에 반듯함이 있다는 것을 말없이 일깨워준다. 기둥과 초석이 서로 맞물려 쌍계사 대웅전 기둥을 오랜 세월 받치고 있다. 덤벙 주초에게 한 말씀 들었다. 반듯하고 평평해야만 바로 설 수 있는 것이 아니다. 내가 중심을 잘 잡아가는 것이 세상을 반듯하게 세우는 것이라는 말씀이다. 매일 같이 있으면 지루하다가도 또 떨어져 있으면 걱정이 되는 일상의 순간들, 어둑해질 무렵 하루쯤 벗어나고 싶었던 마당의 꽃들이 궁금해진다. 집으로 향하는 발길이 바빠진다.

그냥

종일 그냥이라는 말이 머릿속에서 맴돈다. 그냥 떠나고 싶고, 그냥 쓸쓸하고, 그냥 눈물이 나고, 커피도 마시고 싶고, 그냥. 그냥. 그냥… 어떤 노배우는 우리말 중에 제일 좋아하는 말이 아름다움이란다. 아름다운 사람, 아름다운 계절, 사회, 시간, 세상을 아름답게 보면 아름답게 살아진다는 노배우의 삶이 아름답다. 가을과 아름다움이라는 말도 잘 어울리지만 그냥이란 말도 참 잘 어울리는 것 같다.

무심한 듯 쓰는 그냥. 그냥 가자, 그냥 하자, 그냥 넘어가자, 그냥 와라, 그냥 먹자 등등 모든 말 앞에 '그냥'이라는 부사를 넣으면 한 문장이 성립된다. '그냥'의 사전적 의미는 어떠한 작용을 가하지 않거나 상태의 변화 없이 그대로, 또는 아무 뜻이나 조건 없이, 그대로 줄곧이다. 나는 사전적인 의미를 살짝 부정하고 싶다. 설명하기 구차스럽거나 복잡하거나 귀찮거나 모호할 때 또는 대답하기 궁색할 때 그냥이다. 작용을 하지 않는 것이 아니라 설명하기 싫을 때는 그냥을 길게. 또는 방점을 찍듯 가볍게 그냥이다.

자연과의 교감은 그야말로 아무 조건 없이 그냥 좋다. 그러나 사람과의 관계에서는 어떠한 조건이나 작용 없이 그냥이 성립될까 생각해 본다. 사람들과 어울려 살다 보면 귀에 거슬리는 말을 들어도 분위기상 차마 말은 못 하고 마음에 걸려 잘 삭아지지 않고 치밀어오를 때가 있다. 표면적으로는 평온하나 내면에서 '한 번 들이받어'와 '참자'의 갈등을 일으킬 때 '그래 오늘은 그냥 넘어가자.' 스스로를 다독인다. 이 말을 책에서 본 건지 드라마 대사인지는 기억하지 못하지만 잊혀지지 않는 한 문장 "불행 중 다행이라는 말은 틀렸어. 불행은 그냥 불행인 거야."이다. 애써 불행을 위로하려고 해도 불행은 그냥 불행인 거다. 다행은 타인이 보는 거다.

눈물이 금방이라도 뚝뚝 떨어질 것 같은 목소리로 그냥 엄마 목소리 듣고 싶어서 전화했다는 자식들의 말은 그냥이 그냥 아니다. 상태의 변화 없는 게 아니다. 내면에 속상하고, 억울하고, 치사하고, 비참해서 참을 수가 없다는 절규다. 그냥 엄마 목소리 듣고 싶다는 것은 지금 아파 죽을 것 같다는 말을 어미가 어찌 모르랴. 엄마의 위로가 간절하다는 신호다.

이 계절엔 그냥 떠나 보고 싶다는 바람은 아마 분주하게 살아온 봄과 여름이 비켜섰고 마당에 지악스럽게 나오던 풀도 주춤거리고 여유가 생겼다는 것이다. 뒤돌아보면 봄엔 철이 없었고 여름엔 숲을 헤쳐 나오느라 주변을 돌아볼 여유가 없어 숲의 아름다움을 보지 못했다. 한 발짝 한 발짝 앞으로 나오기 버거웠다. 나뭇잎이 떨어지면서 비로소 내 걸어 온 길이 보인다. 삶에는 그냥이 없다. 다 이유가 있는 그냥이다. 가을을 살다 보니 해 질 녘 하나 둘 비워져 나가는 빈 논을 바라보다 울컥해질 때가 있다. 가을을 사는 사람은 비워진다는 의미를 안다. 그리고 비워야 아름답다는 것도 알 수 있다. 그러니 그냥 떠나 보고 싶은 거다. 세찬 바람에도 꿋꿋이 버티고 견디며 살아온, 별 볼 일 없어 보이지만 그래도 나름대로 애쓰며 살아냈다. 종종 별 볼 일 없어 보이는 사람들의 이야기가 가슴을 뭉클하게 할 때가 있다.

멍하니 하늘만 바라봐도 좋은 계절, 살갗을 스치는 맑은 바람만으로도 기분이 좋아진다. 이 계절에는 꼭 어떤 목적이나 장소를 정하지 않고 그냥 떠나고 싶다. 가다가 눈을 잡아 끄는 풍경이 있으면 그 방향으로 가보는 거다. 이 가을 한철은 그냥 그렇게 떠나 보는 것도 괜찮겠다.

청주의 영원한 거리

　그 뜨겁던 여름 햇살이 누그러졌다. 몇 달 동안 기세등등하게 시비를 걸어오던 풀하고의 싸움도 시시해졌다. 오랜만에 도시 음식을 맛보려고 청주 시내로 나갔다. 산골에서 살다 보니 이제는 시내가 낯설다. 남편과 처음 만났던 성안 길을 느긋하게 걸어본다.

　청주 시내 한가운데 자리한 청주 읍성을 연결하는 큰길이 지금의 성안길이다. 성안 길은 오래전 공민왕이 납셨고, 일제의 군홧발이 걸었고, 민초들이 짚신과 고무신을 신고 종종거렸던 길이다. 할아버지가 걸었고 아버지가 걸어온 길, 내가 청바지를 입고 청춘의 한때를 걸었었다.

누구에게나 살아오면서 잊지 못할 추억의 음악과 맛과 장소가 있다. 나는 큰아이 때 입덧이 심했다. 어렸을 때 먹었던 공원당 우동이 너무나 먹고 싶어 경기도에서 청주까지 일주일에 한 번씩 오가며 먹었다. 중앙공원 호떡도 꼭 먹어야 하는 필수코스였다. 이 거리가 나에게는 젊음이다.

청주 읍성 남문이 있던 현 국민은행 남문지점을 기점으로 북쪽과 남쪽 구역으로 나뉜다. 북쪽 구역에는 옛 청원군청, 청주우체국, 각종 시중은행 등이 있고, 남쪽 구역에는 백화점, 영화관, 커피전문점, 패션의류상점, 패스트푸드점 등이 있는 번화가이다. 남문로, 북문로, 서문동 등 현재까지 남아있는 지명은 옛 지명 그대로 성의 문이 있던 명칭이다.

성안길은 청주의 명동이었다. 이 성안길 흥업백화점 앞에서 남편을 만나 데이트를 시작했다. 우리가 자주 갔던 지금은 없어진 장글제과점, 카페 여울목에서 커피를 마시며 음악을 들었다. 함박스테이크도 그때 이 거리 어느 레스토랑에서 처음 먹어본 음식이다. 한때는 매캌없이 성안 길을 돌아다녔다. 오가다 보면 매일 마주치는 사람도 있었다.

성안 길을 걷다 보면 바닥에 그려진 청주 읍성 지도가 눈에 띈다. 성을 한 바퀴 돌아보면 자연스럽게 청주 읍성이 보인다. 성안 길 중앙에서 서쪽으로는 중앙공원이 있고 동쪽으로 조금만 걸으면 국보 41호 철당간을 볼 수 있다. 옛 유적지를 발견하며 걷다 보면, 천 년 전 사람들의 발자국소리가 아득하게 들리는 듯하다. 참으로 오랜 세월 역사의 발자국소리를 들으며 이 거리는 푸르게 성장했다. 정치, 행정, 군사, 사회적 중심역할을 했던 거리, 그러나 지금은 패션, 문화, 역사의 거리로 거듭났다. 먹을 것도 많고 즐길 거리도 많은 성안 길엔 오늘도 젊음이 넘치고 생동감으로 오가는 이들을 기분 좋게 한다.

어느 도시에 살든 다 그들 나름의 추억이 있는 곳이 있다. 청주에서 성장한 사람들은 무심천과 성안 길은 향수며 추억의 장소일 것이다. 변화도 좋지만, 예전에 먹었던 음식점이나 커피숍이 오래도록 그 자리에 있어 우리의 지난 시간을 환원시켜 주는 것은 생의 활력을 주는 일이다. 성안 길을 걷는 사람들과 풍경은 바뀌었어도 길은 변하지 않았다. 오늘이 거리를 누비는 청춘들도 먼 훗날 나처럼 한때를 추억하며 걸어볼 것이다. 개발도 좋지만, 옛것을 보존하는 것도 변화 못지않게 중요하지 않을까 생각한다. 우리가 처음 만났던 백화점 앞에서, 커피를 마셨던 카페 언저리 어디쯤, 어렴풋하게 남아있는 기억을 더듬어 본다.

　중앙공원 은행나무 아래 앉았다. 오랜 세월 이 자리에서 청주를 지켜주는 은행나무처럼 성안 길은 청주의 영원한 거리다. 호떡 하나씩 들어야 제대로 된 풍경이 될 것 같다.

김용례 수필집

김용례 수필집

은유의 정원